Manfred Degen · Leben auf der Goldstaubinsel
Brandneue Sylter Satiren

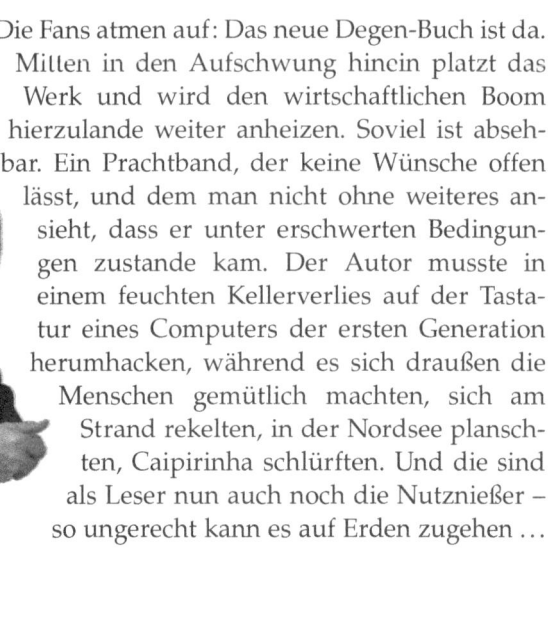

Die Fans atmen auf: Das neue Degen-Buch ist da. Mitten in den Aufschwung hinein platzt das Werk und wird den wirtschaftlichen Boom hierzulande weiter anheizen. Soviel ist absehbar. Ein Prachtband, der keine Wünsche offen lässt, und dem man nicht ohne weiteres ansieht, dass er unter erschwerten Bedingungen zustande kam. Der Autor musste in einem feuchten Kellerverlies auf der Tastatur eines Computers der ersten Generation herumhacken, während es sich draußen die Menschen gemütlich machten, sich am Strand rekelten, in der Nordsee planschten, Caipirinha schlürften. Und die sind als Leser nun auch noch die Nutznießer – so ungerecht kann es auf Erden zugehen …

Kim Schmidt ist Cartoonist mit Kultstatus hier im Norden. Sein schlossähnliches Anwesen in einem malerischen Nest namens Dollerup wird Tag und Nacht von Fans umlagert. Er hat sich für drei Wochen bei Olli Ohmsen hier auf Sylt einquartiert und die vielfältigen Themen dieses Buchs mit dem Griffel illustriert. Wir danken es ihm ausdrücklich mit der Veröffentlichung seiner Internet-Adresse: www.Kim-Schmidt.de – eintasten, aufmachen und Spaß haben – megastark!

Leben auf der Goldstaubinsel

Brandneue Sylter Satiren
und kleine kabarettistische Amokläufe
von Manfred Degen

mit Zeichnungen von Kim Schmidt
und einer instruktiven Nachbetrachtung
von Werner Langmaack

 2012

3. Auflage Juli 2012
© Manfred Degen
Leben auf der Goldstaubinsel
Verlag Flying Kiwi
Illustrationen: Kim Schmidt
Titelfoto: Jens Schmidt
Gesamtherstellung: CPI – Clausen & Bosse, Leck
Printed in Germany
ISBN 978-3-940989-08-6

Inhalt

7	Befund der EU-Kommission
9	Kleine Konversationsschulung
14	Segensreiche Neujahrsempfänge
19	Fusionsflausen in Luft aufgelöst
24	Wir basteln eine Biografie
30	Leben auf der Goldstaubinsel
34	Heimatdichter Hessenschreck
39	Abenteuerfahrt mit der NOB
45	Erste-Hilfe-Kurse für Sylter
53	Neues aus der Sexualforschung
58	Verbrüderung mit den Maorikämpfern
64	Helden baden kalt
70	Leitkultur Lebensart
75	Kosmische Gedanken – hellwach
79	Genuss in vollen Zügen
87	Ökotrophologisches Pointenfeuerwerk
92	Krieg der Klimakiller
99	Sylt – Sperrgebiet für Ausländer
104	Reisebekanntschaften
109	Einfach die Insel verändern: 20 praktische Tipps für ein besseres Sylt
115	Die Uhr der Verzagten ist abgelaufen
120	Oh süße, fremde Sprachmelodei
125	Plädoyer für eine neue Sylt-Architektur
130	Technikfreaks
136	Auch der Herbst hat schöne Tage
141	Der mit dem Knallfrosch tanzt
145	It's Partytime
150	Nachbetrachtung

Befund der EU-Kommission
zur Überprüfung von Schriften, die verdächtig sind, einer fortschreitenden Verwahrlosung der Jugend Vorschub zu leisten

Liebe Bürgerin, lieber Bürger der Europäischen Union, vor Ihnen liegt der achte Band der Endlosreihe von Büchern aus der Feder von Manfred Degen: »Leben auf der Goldstaubinsel«. Wie die sieben vorherigen – ein jedes zu seiner Zeit – ist auch dies das beste. Erneut besticht der populäre Syltsatiriker durch eine bunte Mischung von Texten zu Themen, die in den vergangenen Jahren auf seinem Heimateiland diskutiert wurden. Jedoch finden wir auch eine Reihe philosophisch-intellektueller Alleingänge vor, mit der in dieser Form kaum jemand rechnen durfte.

Sexuelle Schlüpfrigkeiten konnte sich der Autor zwar nicht verkneifen, doch vermochte die Prüfungskommission darin keine nachhaltige Gefährdung der Jugend zu erkennen. Erstens korrespondieren diese unkeuschen Stellen in beklagenswerter Weise mit der Inselrealität, zweitens ist die Jugend von heute ganz anderen Tobak gewöhnt. Dazu muss sie nur die Boulevardpresse aufschlagen. Das Urteil des Prüfungsausschusses lautet daher: Nicht unbedenklich, aber hinnehmbar.

Zu belobigen ist ferner, dass Autor Degen sich, um dem Leser die Orientierung zu erleichtern, etwas recht Praktisches hat einfallen lassen. Er bat einen Hamburger Mehrzweckjournalisten um ein Nachwort. Darin werden die Texte dieses Bandes komprimiert und in ihren wesentlichen Sinngehalten dargestellt. Für den Konsumenten hat dieses Verfahren gleich zwei Vorzüge: Zum einen kann er das Gelesene am Ende noch einmal im Zeitraffer nachvollziehen und den Lerneffekt verfestigen, der mit der Lektüre von Degen-Büchern grundsätzlich einhergeht.

Zum anderen kann er sich mittels dieser Hilfe dem Stoff nähern, kann erwägen, was für ihn von vorrangigem Interesse ist und welchen Themen er sich erst später widmen möchte. Auch wenn die Geschichten von der Goldstaubinsel einen gewissen inneren Zusammenhang aufweisen und erst in ihrer Gesamtheit zum Kunstwerk erblühen, ist der Leser dennoch nicht an die vorgegebene Reihenfolge gebunden. Er kann sie vielmehr verändern, selbst bestimmen.

Nur für einen Zweck ist die Nachbetrachtung nicht geeignet: Sie darf nicht anstelle der Originalgeschichten gelesen werden. Wer das tut, versündigt sich am Produkt und dessen Schöpfer.

Kleine Konversationsschulung

Machen wir uns doch nichts vor – es ist Fakt und ein jeder weiß es: Der November ist für die Sylter ein besonderer Monat. In ihm ist ein Augenblick noch ein Augenblick. Endlich kommen wir ein wenig zur Ruhe. Innere Einkehr kann oder sagen wir besser: könnte stattfinden, ein Gedanke mal zu Ende gedacht werden. Der Sylter weiß diese Zeit zu nutzen. Er schläft so lange, bis die Sonne hoch steht am Firmament und die Luft erwärmt. Dann schlurft er ins Bad, postiert sich vor dem zweifach beleuchteten Designerspiegel mit polygeschliffenem Rand und betrachtet seine Gesichtszüge – ausgiebig. Dabei denkt er an früher, als auch die anderen noch anders aussahen. Und wenn er dann, nach ewig langen Minuten, immer noch gerne in den Spiegel schaut und denkt:»So wie es ist, ist es gut«, dann kann es noch ein richtig schöner Tag werden ...

Im November treten wir auch schon mal hinaus ins Freie, um dort zu flanieren, spazieren, zu schlendern und zu promenieren, zuweilen für einen Plausch an der einen oder anderen Ecke stehen bleibend. Herbstgoldene Momente,»easy Conversation«: Das luftig-leichte Gespräch pflegen, ein paar hingeplapperte Seichtigkeiten austauschen.

Doch Achtung: Es lauern Fallstricke! Die Kunstfertigkeit, sich im öffentlichen Raum zu begegnen, kurz mal zu verharren und einige Augenblicke scheinbar sinnlos zu verplaudern, ist nicht jedem gegeben.

Unvorhergesehene Begegnungen beim lockeren Bummeln bergen das gesamte Gefahrenspektrum. Es beginnt mit dem Gefühl »aufgelauert« zu werden, führt über jenes, mit Wortkaskaden zugeschüttet zu werden bis hin zu dem Eindruck, dass dieser oder jener den Blickkontakt ignoriert und gleichsam autistisch an einem vorbei schleicht.

Die Verhaltensrituale, die ablaufen, wenn Menschen sich außerhalb ihrer Höhlen begegnen, sind seit Jahrhunderttausenden in unserem Stammhirn abgespeichert. Nur sollten wir sie hier und heute nicht mehr in ihrer überlieferten Form einsetzen, sonst könnten wir

ja gleich mit Keulen aufeinander einprügeln. Nein, die heutige Gesellschaft ist durch die Aufklärung kultiviert, durch die Kultur aufgeklärt und durch christliche Werte geprägt.

Und wenn man mit einem Mal – an einem Sonntagnachmittag im November – auf der Promenade vor einem alten Bekannten steht, dem man lieber nicht begegnet wäre, dann ist Hochkultur gefragt, dann müssen fein austarierte Verhaltensregeln greifen, eine hochkomplizierte Dramaturgie, die uns beim Stepptanz zwischen tausend Fettnäpfchen und Stolperfallen hilft auf den Beinen zu bleiben.

Unsere Triebe, unsere Urinstinkte, die sich seit dem Neandertaler der Arterhaltung widmen, erkennen in dem sich vor uns aufbauenden Co-Flaneur nicht einen uns wohlgesinnten Mitinsulaner, sondern wittern einen raffgierigen, notgeilen Rivalen, der zur Arterhaltung womöglich auch noch seine Gene in unserer Höhle versenken will. Doch dieses Szenarium ist pure Steinzeit. Diese Phase haben wir überwunden, nicht zuletzt durch die Sozialkundestunden in der Grundschule, durch den kurzweiligen Konfirmationsunterricht und durch tausend lehrreiche Nachmittagstalkshows auf RTL und Sat 1.

Deshalb findet jetzt erst einmal eine herzliche, wenngleich nicht gerade überschwängliche Begrüßung statt. Man schaut sich an, lächelt schief und reicht sich die Hand. Der Händedruck unter Männern sollte kräftig sein, jedoch keine Zivilklage wegen Körperverletzung nach sich ziehen. Weiblichen Personen gegenüber sollte die Begrüßung per Handschlag sensibel, ja, nahezu zärtlich durchgeführt werden. Denn oftmals sind deren Fingerchen mit sperrigem Modeschmuck oder sogar mit echten Klunkern vollgestöpselt. Da kann ein nordfriesischer Händedruck schon mal einen Oberton erzeugen, der an zerspringendes Schaufensterglas gemahnt. Derlei Rücksichtnahme, das nur am Rande erwähnt, ist natürlich nicht geboten, wenn das Gegenüber eine brummstimmige, schlecht rasierte bulgarische Gewichtheberin ist.

Die mediterrane, auch in München und Köln verbreitete, Wangenküsserei lehnen wir hier auf Sylt grundsätzlich ab. Es gibt dazu sogar einschlägige Beschlüsse der zahllosen Inselparlamente, Ausschüsse und Bürgerinitiativen. Alle sagen: Das ist Weicheischaukelei, das macht ein echter Friese nicht. Wenn der eine Frau küsst, dann auf Zunge, und dann will er sie auch vögeln. Entweder ganz oder gar nicht!

Komplizierte Vorstellungsrituale, zu deren Erlernung die Kinder aus anderen Kulturkreisen in Schweizer Edelinternate geschickt werden, haben nach der auf der Insel gültigen Etikette gleichfalls zu unterbleiben. Hier auf Sylt kennt jeder jeden – da bedarf es nicht einer umständlichen Vorstellerei. Kommt jemand neu auf die Insel, obliegt der aktive Teil des sich Vorstellens ihm. Wir nicken allenfalls ab, werden den Fremden aber höchstwahrscheinlich gar nicht wahrnehmen.

Das Ausziehen der Handschuhe oder das Lupfen des Hutes im Rahmen einer Gruppenbegrüßung entfällt sowieso, da ein gesunder, gerade gewachsener Sylter weder Hut noch Handschuhe nötig hat.

Der leicht lästigen Pflicht folgt die stilvolle Kür: Der Einstieg in den Smalltalk. Da gibt es Tausende verschiedener Ablaufvarianten, von feinnervig-hinterfragend bis rustikal-brachial. Bei Humanmedizinern, Musiklehrern und Psychologen ohne Kassenzulassung mutiert so ein kleiner Plausch schnell zur Therapiestunde oder zum Workshop: Wer die scheinbar harmlose Frage nach dem Befinden nicht mit einem lebensbejahend hingejodelten: »Guuut!« beantwortet, sondern mit einem verkatert-quarkigen: »Oooch, frag' mich nicht!« läuft Gefahr, Opfer einer aus dem Arm geschüttelten Diagnose nebst Therapievorschlag zu werden. Damit wird dir aber nicht nur die gute Laune, sondern auch die Gesprächsführung genommen. Ratsam ist es hingegen, die Gesprächsführung an sich zu reißen, das bedeutet, sofort das Top-Thema zu setzen, bevor der andere auch nur zweimal geatmet hat.

Beispiel: Sollte sich in der Familie des Gegenüber gerade ein Trauerfall abgespielt haben, der ein größeres Erbe erwarten lässt, kommt es gut, wenn man schulterklopfend-schelmisch gratuliert und augenzwinkernd hinzufügt, dass die endlose Warterei nun glücklicherweise vorüber sei.

Ähnliches gilt für den Fall, dass der Plauderpartner erst kürzlich wegen einer kreativen Privatinsolvenz von den Medien geoutet wurde. So einer braucht natürlich Zuspruch und ist garantiert dankbar, wenn man ihm rechthaberisch rät, seine Besuche in der Westerländer Spielbank oder in »Eve's Nightclub« seiner neuen finanziellen Lage »anzupassen«. Diese Performance löst besonderes Vergnügen aus, wenn die Ehefrau des Pleitiers daneben steht und mithört.

Wenn der Smalltalk trotz ausgefeilter, psychologischer Gesprächsführung aus dem Ruder läuft, weil der andere dir mit einer unkontrollierten Verbal-Diarrhö die Ohren vollkackt, sich in ein komplett ödes Thema verbeißt und alle Umstehenden missionieren will, dann musst du den »kontrollierten Abgang« beherrschen. Wahlweise mit dem Hinweis, das alles möge er lieber seinem schwulen Friseur erzählen oder er solle mit seinem Geistesschrott doch eine neue Religionsgemeinschaft gründen, entziehst du dich elegant, geschmeidig und ohne Gesichtsverlust seiner verbalen Umklammerung.

Wichtig ist auch eine Körperhaltung, die intellektuelle Überlegenheit ausdrückt, wenngleich in dezenter Form. Ferner: Den gestreckten Mittelfinger immer bereithalten, aber nur gezielt einsetzen! Keine Todsünde ist es, während des Plauderns an seinem Gesprächspartner vorbeizuschauen und die Umgebung nach anderen, angenehmeren, bedeutenderen Flaneuren abzusuchen. Im Gegenteil: Das verunsichert den Gesprächspartner und bringt Pluspunkte.

Fassen wir zusammen: Der zuckerwattene Austausch von Leichtigkeiten, Nettigkeiten und Unverbindlichkeiten ist eine Meisterschaft, für die täglich trainiert werden muss. Ein kleiner Tipp: Eifern Sie Vorbildern nach, die für ihr tadelloses Benehmen berühmt sind. Dieter Bohlen ist in diesem Zusammenhang an allererster Stelle zu nennen ...

Segensreiche Neujahrsempfänge

Es ist jedes Mal ein gesellschaftliches Ereignis von hohem Rang: Der Neujahrsempfang im Westerländer Rathaus. Zutiefst dankbare Bürger, denen fantastische Verwaltungskunststückchen des smarten Teams unserer ewigen Bürgermeisterin Petra Reiber widerfahren sind, stürmen das Rathaus, um ihrer Begeisterung Ausdruck zu verleihen. Bier schäumt in Krügen und Musik klampft aus den Verstärkern. Die Bürgermeisterin öffnet einen Sack voll heiterer Anekdötchen und burlesker Geschichtchen, die sich das Jahr über zugetragen haben. Ach würde sie es doch, so denkt mancher Zuhörer, mit dem Datenschutz nicht ganz so genau nehmen: Wer waren denn die Westerländer Pappnasen, die jene Abstrusitäten ablieferten, von denen Frau Reiber erzählt? Wäre doch mal interessant zu wissen. Und weil sogar das kalte Buffet diesmal für alle reichte, komme ich zu dem ebenso gerechten wie großzügigen Resultat: So wie es war, war es gut. Indes: Warum kann das nicht immer so sein?

Ja, warum eigentlich nicht? Was hält unsere städtische Regierung eigentlich davon ab, einmal wöchentlich die Bürger zu empfangen, zu unterhalten und mit opulenter Bewirtung für stets gute Laune im Mikrokosmos Westerland zu sorgen?

Alle, die beim Neujahrsempfang dabei waren, gewannen den Eindruck, dass der Anekdotenschatz Petra Reibers unerschöpflich ist und wenigstens für ein halbes Jahr die Laune der Bevölkerung aufzuhellen vermöchte. Aus den ungebremst sprudelnden Gewinnen der EVS, unseres sympathischen Stromversorgers, könnten die Mittel abgezweigt werden, die erforderlich sind, um durch ein leckeres Buffet dafür zu sorgen, dass die Liebe der Westerländer Untertanen zu ihrer Obrigkeit ins Unermessliche anschwellen würde.

Zwischen Bier und Buffet, zwischen Pasta und Petersilie würde dann entschieden, genehmigt und zugewiesen werden. Baugenehmigungen auf Bierdeckeln, Passverlängerungen zwischen Tür und Angel, Aufgebotsbestellungen auf Papiertaschentüchern, und für die Gewerbesteuernachzahlung huschen wir schnell mal rüber in die Spielbank, immer nach dem Motto: Alles oder nichts!

Moment, Moment! Bevor hier falsche Vorstellungen ins Kraut schießen: Bürgernähe ist keine Einbahnstraße. Es könnte nämlich auch passieren, dass dieselbe Hand, die gerade noch das Pils herübergereicht hat, uns Sekunden später in eine dunkle Ecke des Rathausflures zerrt. Zum Beispiel, wenn es sich bei dem Zapfer um einen Mitarbeiter des Bauamtes handelt, dem eine Rückbauverfügung vorliegt, weil wir unsere Garage als Ferienappartement ausstaffiert haben. Aber irgendwie hat die Sache jetzt Stil. Dem fachkundigen Ratschlag, wir sollten zügig zusehen, dass wir Tisch, Bett und Fernseher entrümpeln, damit wir nachweislich wieder ein Auto in der Garage parken können, folgen wir natürlich viel lieber, wenn uns so etwas zwischen hübsch hergerichteten Schnittchen und perlendem Prosecco mitgeteilt wird, statt als amtliche Verfügung in den Briefkasten zu plumpsen.

Vorsicht ist auch geboten, wenn der junge Mitarbeiter des Ordnungsamtes bei Bier und Buletten interessiert lauscht, obwohl jemand nur eine todlangweilige Geschichte von angeblich rasend abenteuerlichen Strandspaziergängen mit seinen Hunden zum Besten gibt. Kurz darauf zupft ihn der amtliche Lauscher am Ärmel und moniert, dass er in den vergangenen Jahren als Hundesteuerzahler nicht aufgefallen sei und ob er mal kurz mit ins Büro hier gleich am Ende des Gangs mitkommen wolle? Er hätte da ein Formular und eine Einzugsermächtigung, das Problem könne man gemeinsam ganz flott über die Bühne und von der Rampe kriegen.

Sollte die Deutsche Bahn AG oder die Nordostsee-Eisenbahn zum Neujahrsempfang laden, würde ich da unbedingt hingehen wollen. Allerdings bräuchte ich mich nicht zu sputen, denn die Veranstaltung würde sicherlich verspätet beginnen – wegen Türen, die sich nicht schließen lassen, oder weil irgendein Trottel mal wieder vergessen hat, rechtzeitig zu tanken.

An Gesprächsthemen würde es bei einem solchen Empfang keinesfalls mangeln, die Jahre erst mit dieser, dann mit jener Schienentransportgesellschaft waren ja an Ereignissen reich und haben uns – ich sag's mal mit einem Augenzwinkern – scharfe Pfeile in den Köcher gesteckt.

Kompliziert könnte es allerdings sein, einen kompetenten Ge-

sprächspartner aus dem Kreis der Anwesenden herauszufiltern, denn die Geschäftsführer der NOB werden von ihrem französischen Mutterkonzern schneller ausgetauscht als ein gestandener Sylter seine Unterhose wechselt.

Als Einstieg in den gepflegten, niveauvollen Smalltalk empfehle ich die hinterhältige Frage, ob denn alle Züge, die übers Jahr auf die Strecke geschickt wurden, auch irgendwann und irgendwo angekommen sind oder ob der eine oder andere Zug wohl noch vermisst würde. Sollte dies zutreffen, könnte man sich anbieten, bei der nächsten Fahrt nach Hamburg mal aus dem Fenster zu spähen, ob auf den rostbraunen Abstellgleisen entlang der Hauptstrecke noch eine vergessene NOB herumsteht.

Ein kulturelles Highlight wäre es auf so einem Event, würde jemand knifflige bahnbetriebliche Abläufe oder einen typischen Kunde-Schaffner-Konflikt mit Playmobilfiguren nachspielen. Mit solchen Inszenierungen hat es Harald Schmidt schließlich bis ins Feuilleton der Frankfurter Allgemeinen geschafft. Das würde vermutlich – angefeuert durch den reichlich fließenden Schampus – für ungezügelte Heiterkeit sorgen und helfen, die tiefen Gräben zwischen den »Netzbereitstellern«, also der DB, den »Verkehrsleistern«, also der NOB, und den »Opfern«, also uns Bahnreisenden, zuzuschütten.

Ach, würde doch nur jede staatliche oder halbstaatliche oder teilprivatisierte Institution Neujahrsempfänge veranstalten! Ich würde sie alle besuchen, ich würde alle Fragen abladen, die sich das Jahr über bei mir aufgestaut haben. Ich wäre nachher satt, undurstig und deutlich klüger als zuvor. Von der auf Sylt praktizierenden Märchentherapeutin würde ich gerne erfahren, ob es auf Sylt irgendwo Prinzessinnen gibt, die wach geküsst werden wollen. Und ob jedem, der lügt auf Sylt, eine lange Nase wächst, und was dazu unsere Bürgermeister sagen.

Die Schleswig-Holsteinischen Grünen fordern im Kampf gegen die Aufheizung der Erdatmosphäre den Bau von Fahrradstationen und zusätzliche Radwege. Tolle Idee! Warum erfahren wir erst jetzt davon?

Nein wirklich, ich hätte noch so viele Fragen. Sind Rotweintrinker intelligenter als Weißweintrinker? Werden sie womöglich älter als Schorletrinker? Wie schneidet Bier im Vergleich mit einem Schöppchen Roséwein ab? Warum soll Edmund Stoiber jetzt auf Rente? Der erreicht doch erst 2008 die neue Rentengrenze von 67. Und wann wird endlich Johannes B. Kerner in Pension geschickt, obwohl er erst 42 ist?

Und noch eine wichtige Frage: Die Anstaltsleiter von RTL 2, von 9live und dem MDR, was machen die eigentlich abends? Sitzen die zu Hause vor der Glotze und gucken den ganzen Müll an, den sie tagsüber ausgebrütet und zusammengebastelt haben? Oder gehen sie zur Domina und lassen sich munter auspeitschen?

Zum Schluss noch die Frage, die mich momentan am meisten umtreibt: Besteht das Leben nun aus Sex and Drugs and Rock'n'Roll oder doch eher aus Fußball, Schnaps und Volksmusik? Ich denke, zur Klärung dieses Themenkomplexes müsste ich dringend am Neujahrsempfang der Landfrauen aus Sylt-Ost teilnehmen – wenn die doch nur endlich mal dazu einladen würden…

Fusionsflausen in Luft aufgelöst

Eigentlich waren sich alle einig. Der Königsweg sei gefunden, hieß es, ein großer Wurf werde gelingen, ein Edelkompromiss, von jedem gewollt, von allen getragen, vorbehaltlos. Sylt als Einheit – endlich! Sylt, in Deutschland ganz oben und jetzt auch kommunalpolitisch ganz weit vorne. Die Fusionsidee, von einigen Sylter Kunsthandwerkern und Kreistagshinterbänklern mit beinahe religiösem Eifer vorangetrieben, stand vor ihrer grandiosen Vollendung. Alles rank und schlank statt breit und bräsig. Zeitgeistsurfen statt Zauderei.

Die Idee, die alle einte, hörte sich eher simpel an, so wie alle großen Ideen dieser Welt schlichte Strukturen haben: *Alles sollte ab sofort irgendwie Kampen heißen!* Westerland mutiert zu Kampen-City, List nennt sich Port of Kampen und Hörnum logischerweise Kampen-Süd. Der Preis dafür würde allerdings hoch sein. Millionen müssten allein in die Luxussanierung des Kampen Airport gepumpt werden, damit die Großgewerbesteuerzahler unseres putzigen Heidedorfes weiterhin zum Flusskrebsessen mit ihrem Privat-Gulfstream-Jet auf der Goldstaubinsel »down-touchen« dürfen.

Sogar die 121 Feierabendpolitiker von Sylt-Ost haben dieser Idee der Einigung trotz ihres gefürchteten, rabaukenhaften Renitenzpotenzials zugestimmt. Einer der Synergieeffekte sei, so hatten es die Meinungsführer beim Teepunsch ausbaldowert, dass das frei werdende Amtsgebäude in Keitum zu einem 12000 qm großen Holzskulpturen-Museum umgemodelt werden könnte.

Auch an die nachwachsende Generation wurde gedacht. Groß die Freude unter den Bauernlümmeln des Inselostens, als sie erfuhren, dass sie sich künftig ungestraft zwischen den schlauchbootlippigen Privatfernsehschlampen am Kampener Strand tummeln und das dort übliche Champagnerkorkenknallen mit ihrem bodenständigen Flens-Plopp-Sound überdröhnen dürfen. Denn ihre Einwohnerkurkarte sollte auch wieder an der Buhne 16 gelten.

Ja, die Aussicht, mit dem Ortsnamen Kampen auch noch die

letzten Warftetagen, Souterrainlagen und Kellerlöcher in der Budersandstraße, am Westhedig oder in der Lister Hafenstraße den Gästen zu Kampentarifen aufzuschwatzen, war verlockend. In den

Schädeln der Vermieter ratterte bereits die Kasse, klimperten die Gewinne.

Und dann, auf einmal – ohne jede Vorwarnung – traten die Kampener auf die Bremse! Man wolle, so hieß es, die Fusionsidee doch nicht weiterverfolgen. Punkt. Ende der Durchsage und aller Einheitsträume.

Ja, aber Hallo! Was war das denn? Was steckte hinter dem Sinneswandel? Wieso grätschte Kampen blutig in die heile Welt der Fusionsanhänger? Weshalb will Kampen nicht mehr mit den Schmuddelkindern spielen? Separationsgerüchte rauschten sogleich über die Insel.

Dass sich die Häuptlinge unseres Promidorfs auf einmal hochmütig in ihren Kraal zurückzogen, Brücken abbrachen und Tischtücher zerschnitten, hatte natürlich einen Hintergrund – so etwas habe ich als Mitbegründer und Aktivposten des investigativen Journalismus im Handumdrehen recherchiert.

Die Ursache des Wandels: Die Westerländer Nivellierer hatten bei den Übernahmeverhandlungen mal wieder total überzogen. Das Rot-Schwarze Hinterzimmerkartell des Westerländer Rathauses forderte unter dem Deckmantel der Angleichung der Lebensbedingungen, dass der Westerländer Stadtbus – nach dem Neuen Markt, Borussia Dortmund und dem Irak-Krieg die größte Geldvernichtungsmaschine der nördlichen Halbkugel – zukünftig auch nach Kampen brummen solle. Und für die rollstuhlgerechte Gestaltung der örtlichen Haltestelle sollte Rolf Seiche den kompletten Außenbereich seines »Gogärtchen« hergeben.

Als dann noch durchsickerte, dass die jeweiligen Ehepartner Kampener Edelboutiquebesitzer und Großgastronomen, die im Winter völlig legal und ethisch unbedenklich Arbeitslosengeld beziehen, als »Hartz-IV-Brigadisten« im Westerländer Stadtpark Laub zusammenharken sollten, brannte die Hütte lichterloh!

Das Dekadenzdorf kündigte sämtliche Vorverträge, trat aus der geplanten Allianz aus, verließ auch gleich noch den Nordseebäderverband und führte den Linksverkehr, die D-Mark sowie den Straftatbestand der Majestätsbeleidigung wieder ein. Liegerecht am Strand vor der Buhne 16 genießen fortan nur noch Partyluder mit

Silikonbrüsten, und für die Gnade, einen der wenigen Parkplätze im Strönwai zu besetzen, muss man zuvor einen aktuellen Depotauszug auf den Bürgermeistertisch schlappen. Maßnahmen, die im Einklang stehen mit bundespolitischen Zielsetzungen, sprich der Eliteförderung in Deutschland, die der sozialistische Ex-Kanzler Schröder zum Ausklang seiner glorreichen Amtszeit dankenswerter Weise anschob.

Das Kampener Aktionsprogramm löste die helle Empörung in anderen Sylter Gemeinden aus, über denen Schwärme von Pleitegeiern kreisen. Aus der geile Traum, ins mollige Bett der Kampener Gemeindefinanzen zu steigen. Weiterhin nur Mazda statt Maybach, Aspirin statt Kokain und Aufschlag statt Abschlag. In seiner Verzweiflung schloss sich der Rest der Insel zu einer Koalition der Habenichtse zusammen, um den elitären Geldsäcken die Stirn zu bieten.

List, diese vergessene Streusiedlung kartoffelgrauer Wehrmachtsbauten, fing sich überraschend als erstes, besann sich seiner skandinavischen Wurzeln und warf sich der dänischen Urmutter in den Schoß. In einer Nacht- und Nebelaktion wurde der ungeliebte Euro gegen die bonbonfarbene Bingowährung des nordischen Nachbarn eingetauscht, so dass die Millionärsdichte in List flugs Kampener Niveau erreichte, ja, den südlichen Konkurrenten sogar überflügelte.

McGosch erweiterte seine Speisekarte um den Wikinger-Kracher »Skämpies ou röl grö mel flöle«. Die Kinder krähen jetzt jeden Morgen die dänische Nationalhymne und duzen die Lehrer, welche wiederum, landestypischen Bräuchen folgend, erotische Beziehungen zu den Müttern der kleinen Plagegeister aufbauen.

Im Inselosten überschlugen sich zeitgleich die Ereignisse. Bald vierzig Jahre hatte sich in den Dörfern der Hass auf die Großgemeinde Sylt-Ost aufgestaut. Jetzt war der »Point of return« gekommen, grobschlächtig formulierte Drohungen wurden nach Husum gefaxt, und jedes Nest stampfte trotzköpfig seine eigene Bürgermeisterei aus dem Marschboden. Den Dorfältesten, die tütelig und Speichelfäden ziehend immer noch die Vorzüge des alten Hindenburg zu preisen pflegen, entlockte man durch intravenöse Bommerlunder-Verabreichungen den längst vergessenen Verlauf früherer Dorfgrenzen, um anschließend mit hastig ausgerollten Stacheldrahtzäunen den Kampenern die Einreise zu verunmöglichen und dem Fusionswahn seinerseits ein dorniges Ende zu bereiten.

Archaische Strukturen bahnten sich in Archsum ihren Weg: Das Frauenwahlrecht, die Homo-Ehe, der Nationalpark Wattenmeer und die Rechtschreibung mitsamt aller Reformen und Folgereformen wurden radikal abgeschafft, die Promillegrenze auf 2,9 hochgezogen und alle Gleichstellungsbeauftragtinnen ins Schlauchboot verfrachtet und in der Nordsee ausgesetzt. Ferner verfügten die Sylt-Oster, die elende Husumer Kreisumlage ab sofort mit Pfandflaschen zu begleichen. Der bahneigenen »AutoZug Sylt GmbH« wurde eine »Durchleitungsgebühr« im siebenstelligen Euro-Bereich abgepresst.

Nur Hörnum wurde notleidend. Abgeschnitten von allen Umlagegeldströmen verarmte unsere Südkommune über Nacht. Die Verpflegung erfolgt mittlerweile per Luftbrücke. Aus Propellermaschinen werden Tiefkühlprodukte, vorzugsweise Grünkohl, abgeworfen.

Und wie geht es unseren Kampener Freunden, die so rachsüchtig vom Rest der Insel ausgegrenzt werden? Na sssuper! Dass die Busse auf dem Weg nach List nur mit verriegelten Türen und verhängten Fenstern das Nobeldorf durchfahren dürfen, wird als Gewinn an Lebensqualität interpretiert. Und der Verweis aller Kampener Kinder von den Sylter Schulen lässt die Eltern kalt. Geografie lernen die Kleinen nun, indem sie mit Papa nach Vaduz, Luxemburg oder Jersey jetten. Sprachen erlernen sie, indem sie die Labels in Muttis exklusiver Garderobe übersetzen und den Rest, also Mathematik, Latein und Sexualkunde, bekommen sie vom ukrainischen Au-pair-Mädel beigebogen.

Fazit: Die Welt ist wieder in Ordnung und alles geht voran. Wir lernen: Das Leben ist schöner ohne Fusion – auf jeden Fall in Kampen und List.

Wir basteln eine Biografie

Manchmal denke ich, es wäre an der Zeit, meine Erinnerungen niederzuschreiben, eine Autobiografie zu verfassen. Schließlich kann es stündlich zu spät sein. Sollte mich ein Herzkasperl tanzen lassen oder sich ein Geisterfahrer auf der A 7 mir in den Weg stellen, sollte der liebe Gott mich zu sich rufen, obwohl ich meinen Schreibtisch noch nicht aufgeräumt habe – wer sagt dann all das, was noch nicht gesagt wurde, wer erzählt dann all meine unerzählten Geschichten? Ich vermute: niemand. Dabei ist eine Autobiografie eine tolle Einrichtung, wie ein Grabstein mit reichlich Platz drauf. Man schreibt zunächst grundehrlich auf was war, streicht anschließend das weniger Schmeichelhafte weg und fügt erfundene Erlebnisse und spätere Erkenntnisse hinzu. Schnell merkt man bei dieser Arbeit, dass die Wahrheit formbar ist wie Knetmasse. Und wenn man sich am Ende selbst nicht mehr wiedererkennt, dann, erst dann ist das Werk vortrefflich gelungen ...

Eine der höchsten Hürden bei der Fabrikation von Memoiren türmt sich gleich zu Beginn vor einem auf, nämlich die Frage: »Hey, was soll das? Ich habe der Menschheit doch in Wahrheit gar nichts zu erzählen.« Ferner bohrt in einem der Verdacht, dass es den meisten, wenn nicht allen Menschen vollkommen egal ist, wie ein Individuum meines Kalibers so durchs Leben gestolpert ist. Nun, diesen Zweifeln ist mit guten Argumenten nicht beizukommen, also ignorieren wir sie.

Ein Detailproblem stellen in meinem Fall jene 27 Jahre dar, die ich der Eisenbahn geschenkt beziehungsweise vertan habe. Aus der Epoche lassen sich kaum Grenzüberschreitungen, kaum Tabubrüche herausziehen, welche ja wiederum das Salz in der Biografiesuppe sind. Für den Verkaufserfolg des Buches wäre ein mehrjähriger Gefängnisaufenthalt außerordentlich hilfreich, das hat der ehemalige Bankräuber und spätere Knallcharge Burkhard Driest eindrucksvoll bewiesen, als er das autobiografische Knastepos »Die Verrohung des Franz Blum« vorlegte. Driest hat vor zweiunddreißig Jahren als Lieblingsknacki des deutschen Feuilletons bei Diet-

mar Schönherr in einer der ganz frühen Talkshows herumgelungert, Romy Schneider um den Finger gewickelt, die wiederum voll auf den Outlaw abfuhr, die Hand auf sein Räuberknie legte und lasziv säuselte: »Sie gefallen mir, Sie gefallen mir sehr!«
Ähnliches habe ich nie erlebt. Obwohl ich mich jeden Tag aufs Neue bemühte. Ich habe um fünf Uhr dreißig in der Früh den zugigen Bahnhof aufgeschlossen, habe Stationsnamen wie Schnakebüll an der Knatter, Linsen an der Wuhe und Lutherstadt Wittenberge auf elendig kleine, neunundzwanzig Millimeter breite Edmonson'sche Fahrkarten gekritzelt, aber kein weiblicher Weltstar hat mir je zur Belohnung ans Knie gefasst und mich seine lüsterne Zuneigung spüren lassen.

Irgendwie waren die Jahre am Schalter wie eine Mischung aus Strafanstalt und »Big Brother«-Container. Alle haben mir bei meinem Tun zugeschaut: Die Kollegen links und rechts, der Chef im Rücken und direkt vis-à-vis die Kunden. Ich wühlte mich durch rosarote Elefanten, Karnickelscheine und Anträge »für den Erwerb ermäßigter Fahrkarten zum Besuch im Ausland liegender Kriegsgräber«. Währenddessen entwickelte ich die Fähigkeit, bis zu neun Stunden ohne Aufnahme fester Nahrung durchzuknechten und lächelnd ebenso lange Schichten ohne Toilettenbesuch durchzustehen. Ich will jetzt – im Rückblick – diese Zeit als Niedriglohn-Pappdeckelverkäufer nicht mit dem Namen »Bautzen« in Verbindung bringen, aber, liebe Romy Schneider im Himmel, die fünf Jahre Bau für den Banküberfall deines Lovers Driest waren ein Dreck dagegen.

Nun wäre es ungerecht zu leugnen, dass die Bahn mich nicht nur redlich nährte, nein, sie war auch wie eine strenge Mutter zu mir, hat mir die Ohren lang gezogen, wenn ich zu pampig wurde. Im Sommer 69, als die Jugend der westlichen Welt aufbegehrte, schwappte sogar ein wenig Renitenz in meine nordostniedersächsische Heimatstadt. Auch ich erkannte die Notwendigkeit revolutionärer Umwälzungen und verkaufte in einem Akt von Protest und Aufbegehren mit einem Mao-Sticker an der Krawatte Fahrkarten nach Bienenbüttel, Boltersen und Bevensen. Meine Dienstherren reagierten ebenso harsch wie weise. Zur Läuterung schickten sie

mich aufs Land, genau genommen in die Einöde der Gemeinde Zernien, irgendwo zwischen Uelzen und Wladiwostok gelegen. Montags vertickte ich Schülerwochenkarten, dienstags trieb ich Schweine in Waggons, mittwochs entlud ich Kunstdünger, donnerstags Rinder für den Großmarkt, und am Freitag bekam Bauer Soetebeer von mir einen Flachwagen mit einem niegelnagelneuen Rübenroder geliefert. Das war dann mein Herbst 69.

Die Frage ist gestellt: Reicht das für eine fesselnde Biografie?

Nein, ich hätte nach Berlin gehen müssen, hätte mich dort von den Wasserwerfern über den Ku'damm strahlen lassen sollen. Dann hätte sich alles andere von allein ergeben: Abends in der Kommune 1 hätte Uschi Obermeier ihre Hand auf mein Knie oder sonst wohin gelegt und geflüstert: »Ich finde dich toll. Ich mag dich, echt.« Aber nix da. Mit dem blöden Rainer Langhans hat sie rumgemacht, mit Mick Jagger und mit Keith Richards, während ich armes Schwein Schweine in Zernien verladen habe. So sieht die niederschmetternde Realität aus.

Ist Ihnen schon mal aufgefallen, dass fast alle, die im Rampenlicht stehen, Leichen im Keller haben? Beispiele gefällig? Bitteschön: Konstantin Wecker war Softporno-Superstar und Kokainist, Joschka Fischer hat Bullen platt gemacht, Friedrich Merz schubste angeschickert sauerländische Mülltonnen um, Edmund Stoiber hat während der Parteitagsrede von Angela Merkel hörbar mit Bonbonpapier geraschelt und die Schwester des begnadeten Boxers Axel Schulz geht auf den Strich. Regelverstöße und Gesetzesbrüche massenhaft – doch zugleich Grundlagen für unvergleichliche Weltkarrieren, so sieht es doch aus.

Kann ich da mithalten? Gibt es in meinem Leben, abgesehen von dem Mao-Sticker, ein Ereignis, bei dem ich den gesellschaftlichen Konsens aufgekündigt habe und mich den süßen Verlockungen des Illegalen hingab? Ja, so etwas gab es.

Ein Jahr vor meiner maoistischen Provokation, im Frühjahr 1968, wurde mir mein geliebtes Moped geklaut, eine NSU Quickly, das Vehikel, mit dem ich mal zur Demo, mal in den Beatschuppen knatterte. Sofort erstattete ich Anzeige, knallhart wie Django. Doch zwei Wochen später schon wurde ich zur Staatsanwaltschaft zitiert, um mir mitteilen zu lassen, dass das Verfahren eingestellt worden sei wegen Geringfügigkeit oder Aussichtslosigkeit oder weil sie gerade zu viel um die Ohren hatten oder was weiß ich. Das war mir eine staatsbürgerliche Lehre: Brauchst du mal die Obrigkeit, versagt sie.

Ärgerlich schaute ich den Staatsanwalt an, doch der lächelte milde zurück. Er hätte ein Anliegen, flötete er, er sei in Verlegenheit und auf meine Mithilfe quasi auf Gedeih und Verderb angewiesen. Sofort hellwach und eigentlich schon wieder ganz edler Staatsbürger fragte ich erstaunt nach, wie denn gerade ich unserem Gemeinwesen einen Dienst erweisen könne.

Tja, meinte er, in Kürze würde ein paar Zimmer weiter eine hochwichtige, kriminaltechnische Gegenüberstellung stattfinden. Und es fehle noch eine Person, um die gesetzlich vorgeschriebene Dummy-Anzahl aufzubieten. Ob ich wohl willens sei, mich einfach mit in die Reihe zu stellen, mir eine Nummernkarte vor die Brust zu halten und somit der Rechtsfindung zu einem weiteren, strahlenden Erfolg zu verhelfen.

Spontan erklärte ich mich bereit, wurde in einen Raum mit weißer Rückwand geführt, in dem schon einige finstere Gesellen in Reih und Glied standen. Ich bekam die Karte mit der Nummer Vier in die Hand gedrückt und wurde entsprechend einrangiert. Kurz darauf öffnete sich die Tür, ein Haufen wichtiger Leute kam herein, eine Frau in ihrer Mitte sollte sagen, ob sie jemand erkenne. Die Spannung wurde in dem Moment unerträglich und wahrscheinlich denken Sie jetzt, die Frau hätte auf mich gedeutet. Das wäre ein Knüller für meine Memoiren gewesen. Aber nein, die Frau sah uns nur kurz an, lachte leicht irre auf und gab zu Protokoll, dass sie keinen von uns kenne.

Das war's. Das Licht ging wieder an, zwei meiner Kumpels wurden mit Handschellen fixiert und abgeführt, und der Staatsanwalt bedankte sich wort- und gestenreich für meine Bereitschaft, mich dem Verbrechen so entschieden in die Speichen zu werfen.

Erst viele Jahre später habe ich dieses Ereignis als eine Chance begriffen, die ich leider ungenutzt verstreichen ließ. Hätte ich einfach nur etwas verschlagener geguckt, so mit schiefem Mund, oder richtig verächtlich und mit Häme, die Frau hätte vielleicht auf mich gewiesen, behauptet, ich sei der Schurke gewesen. Man hätte mich in den Kerker geworfen, ich hätte Gedichte, Romane und Theaterstücke geschrieben und meine besten Jahre in Einzelhaft abgesessen. Sämtliche Revisionsversuche wären zurückgewiesen worden, alle Gnadengesuche hätten sie abgeschmettert, bis Dekaden später durch die Erfindung der DNA-Analyse meine Unschuld erwiesen worden wäre. Und dann wäre der Rubel gerollt: Stern, Spiegel, Focus, Kerner, Beckmann, Maischberger rauf und runter, die Kra-

walltalkshows der Privaten gar nicht mitgezählt. Und dann der Besuch bei »Drei nach neun« – Eva Herman interviewt mich, legt ihre Hand auf mein Knie und haucht: »Du, ich finde dich toll. Ich mag dich, wirklich.«
Gut, Kontakte und Berührungen mit der flirrenden Welt der Superpromis sind hier auf Sylt Alltag. Gerade am Bahnschalter, wo der Jetset schon mal auf Flughöhe Null herunter muss, tauchen sie alle irgendwann auf, mit unwissenden Blicken, gebrechlich fragend, hilflos. Die Geistesheroen, die Medienmogule, die Bühnen-, Film- und Fernsehstars.

Ende der Siebziger Jahre, an einem Samstagmittag, trat eine alte, aparte Dame an meinen Bahnschalter, pechschwarzes Haar, kalkweiß geschminkte Gesichtshaut, knallrote Lippen, so verlangte sie eine Fahrkarte nach Hamburg, sanfte Stimme, seliges Lächeln. Wir haben noch ein wenig geplaudert, ich habe, wie es meine Art war und ist, charmant herumkomplimentiert, ihr einen guten Tag gewünscht, und dann ist sie weggehuscht, die grande Dame.

Abends schaltete ich den Fernsehapparat an, um eine Talkshow zu gucken. »Je schöner der Abend«, Stargast diesmal: Valeska Gert, schwarzes Haar, kalkweiß geschminktes Gesicht und knallrote Lippen. Sie erzählte von Gründgens und Eisenstein, redete über Greta Garbo und Klaus Kinski. Gierig wartete ich darauf, ob sie auch mich, den netten Fahrkartenverkäufer von Westerland, erwähnen würde, der Stunden vorher in ihr Leben getreten war. Nichts. Kein Wort. Vergessen. Alles wie immer: Immer nur Kinski, Kinski, Kinski, Erdbeermund und Fitzcarraldo. Muss ich erst ein Schiff auf die Uwe-Düne zerren, bevor ich angemessen wahrgenommen werde?

Der Mantel der Geschichte rauschte vorbei, Valeska Gert, ich streckte die Hand aus, aber es reichte nicht. Diesmal nicht und überhaupt nie. Das ist die ungeschminkte Wahrheit. Genügt das für eine Biografie?

Der Platz zwischen zwei Buchdeckeln ist immens. Das weiß jeder, der mal versucht hat sie zu füllen, und jeder, der mal einen strunzlangweiligen Roman gelesen hat ... obwohl, einen Ausweg sehe ich ... man könnte ja vielleicht eine besonders große Schrift verwenden ...

Leben auf der Goldstaubinsel

Jährlich besuchen Hunderttausende unser einzigartiges Ferienparadies. Viele von denen sind geradezu hingerissen von den niedrigen Preisen, dem hohen Unterhaltungswert und der vielfältigen Pracht, der sie hier begegnen. Daher pflegen zahllose Kurgäste ihren Vermietern beim Abschied vorzuseufzen: »Ach, muss das wunderschön sein, immer hier zu leben und nicht nur wie wir ein paar Tage oder maximal eine Woche pro Jahr. Beneidenswert!« Ja, so abgrundtief naiv sind viele, von einer Einfältigkeit, die wir sonst nur noch in den Fanclubs von Borussia Dortmund oder Florian Silbereisen antreffen. Und wissen Sie was? Diese Leute haben Recht. Es ist in der Tat ein einziges, ungetrübtes Vergnügen, auf dieser Goldstaubinsel sein Leben zu vertändeln. Sonst würden wir ja auch gar nicht hier bleiben ...

Das fängt schon an mit der Lage. Von Sylt aus sind wir dank modernster Transportmittel, zack-zack, irgendwoanders, wohin immer wir wollen. Die Bahn fährt im Stundentakt, wenn nicht häufiger, ist stets pünktlich, sauber und pfeilschnell. Mit dem Pkw ist es noch schöner, weil die Reise dann mit einer unvergleichlich attraktiven Fahrt mitten durch die Nordsee beginnt. Alternativ können wir im pittoresken Lister Hafen, genannt »Gosch-City«, eine Luxusfähre besteigen, die uns binnen kürzester Zeit in den skandinavischen Raum schippert. Wer mal eben einen lukrativen Deal an der New Yorker Wall Street tätigen möchte, in Bombay durchs Rotlichtviertel streifen möchte oder in Tokio U-Bahn-Fahren, setzt sich einfach ins Flugzeug. Dank des unermüdlichen Einsatzes eines tapferen, uneigennützig agierenden Multifunktionärs starten und landen auf Sylt Maschinen inzwischen beinahe so häufig wie in London Heathrow. Das Großraumflugzeug A 380 soll wegen der zu erwartenden Auslastung wahrscheinlich zuerst auf der Route Tinnum – Dubai eingesetzt werden.

Umgekehrt bringt diese internationale Vernetzung zu Land, zu Wasser und in der Luft nun endlich auch Besucher aus fernsten Ländern und fremden Kulturen zu uns. Wollten früher vereinzelte, wissensdurstige Asiaten den Minnesang Walthers von der Vogelweide studieren, um die Tiefe der deutschen Volksseele zu erkunden, jagen sie heutzutage während ihres fünftägigen Jahresurlaubs in Scharen durch Europa, knipsen hier, knipsen dort, und hetzen zwischen Schloss Neuschwanstein und Drosselgasse schnell mal zu uns nach Sylt hoch. Hier lernen sie, dass Sushi auf Deutsch »Fischbrötchen« heißt, fotografieren hektisch die dicke Wilhelmine und zack – sind sie wieder runter von der Insel.

Nicht nur bei Ostasiaten trägt ein Syltbesuch dazu bei, das Kunstverständnis weiterzuentwickeln. Schon beim Anblick der grünen Riesen auf dem Westerländer Bahnhofsplatz wird das Empfinden der Ankömmlinge für Kunst und Schönheit geschürt, bei vielen stellt sich dabei sogar ein Gefühl der Glückseligkeit ein. Doch das ist längst nicht alles, was wir zu bieten haben. Kampen ist zu Recht stolz darauf, nicht etwa durch die protzigen Schlitten des Geldadels und die fetten Party ihres parasitären Nachwuchses gekennzeichnet zu sein, sondern durch das Zusammentreffen von Künstlerpersönlichkeiten aus den verschiedensten Fakultäten: Goldschmiede, Vasentöpfer, Gebrauchsdichter, androgyne Tangotänzer und viele mehr. An erster Stelle ist der durch die japanische Schwertschmiedekunst inspirierte Pinselschwinger Siegward Sprotte zu nennen. Er gelangte durch seine Postkartenkalender zu Weltruhm. Seine Malereien werden sogar bei eBay gehandelt.

Und wenn ein Kurgast, stamme er aus Malaysia, aus Feuerland oder von den niederländischen Antillen, zufällig am Tag des Kampener Feuerwehrfestes dieses ästhetische Friesendorf besucht, erwartet ihn ein zusätzlicher Kunstgenuss der speziellen Art. Auch wenn er wahrscheinlich zusammenzuckt, sobald der Dirigent den Taktstock hebt und die einheimische Feuerwehrkapelle buchstäblich in die Vollen geht.

Beispielgebend ist auf Sylt auch die Besonnenheit, die die Insulaner beim Umgang mit Natur und Umwelt an den Tag legen. Überall in Deutschland gurken die Menschen unentwegt mit ihren Automobilen durch die Gegend, umkreisen in der Dämmerung stundenlang ihre Häuserblocks auf der hoffnungslosen Suche nach einem Parkplatz für ihre CO_2-Monster. Dagegen herrscht bei uns das wahre Paradies. Mitten in die Natur haben wir freizügig Flächen hineinkomponiert, auf denen unsere Gäste ihre Luxusschlitten abstellen können. Asphaltgraue Areale in anmutiger Harmonie mit der Natur, architektonische wie planerische Meisterleistungen. Auch gibt es nirgendwo in Deutschland eine größere Bereitschaft, sich für umweltfreundliche Fortbewegungsmittel zu entscheiden. Hybridantrieb ist hier der Renner. Mit so einem Motor unter der Haube eines Cayenne oder eines zwölfzylindrigen Audi durch die Whiskystraße zu heizen, das ist ein Gedanke, der auch heuschreckenaffinen Männern die Augen leuchten lässt.

Die Liste der Pluspunkte ließe sich beliebig fortführen. Der oft wochenlang anhaltende Sommerregen, die neuen Billigläden, die überall aus dem Boden schießen oder der Hörnumer Hafen, an dem seit Kriegsende nichts verändert worden ist, so dass er heute als begehbares Rostmuseum genutzt werden kann. Oder denken wir nur an das Trinkwasser, das wir aus der Erde holen. Es kann ungefiltert direkt in Flaschen abgefüllt und an die führenden Restaurantbetriebe europaweit ausgeliefert werden.

Bei all diesen Vorzügen ist es nicht verwunderlich, dass die Lebenserwartung der Menschen auf Sylt bei weitem höher ist als im Bundesdurchschnitt. Eigenartigerweise liegen von Seiten des Statistischen Bundesamtes zu diesem Phänomen keine belastbaren Daten vor. Doch eine Von-Hand-Auszählung der Sylter Kirchengemeinden hat ergeben, dass der gemeine Insulaner 12,3 Jahre und die gemeine Insulanerin 9,6 Jahre länger durch die Botanik springen als die restlichen Deutschen. Auf dieses Resultat kamen emsige Ein-Euro-Kräfte durch die Sichtung sämtlicher Grabinschriften, die ja von Geburts- und Todestag der von uns Gegangenen künden.

Dabei ist die Diskrepanz zwischen den Geschlechtern leicht erklärt. Männer auf dem Festland sterben früher als hiesige, einige, weil sie bei der Apfelernte vom Baum fallen, andere, weil sie in der Eiger-Nordwand den Halt verlieren oder beim Fallschirmspringen vergessen, die Reißleine zu ziehen. Das kann Sylter Männern nicht passieren. Beim Biertrinken am Bahnhofskiosk oder beim Fußballgucken im Fernsehen sind sie auf der sicheren Seite. So kommen sie auf ihren Superschnitt bei der Lebenserwartung.

Allerdings ist es stillschweigender Kodex unter uns Syltern, diese Fakten zu verheimlichen, um nicht unnötig Überlebenstouristen anzulocken. Bundesbürger, die ums Verrecken nicht sterben wollen. Aber die sollen sich gefälligst in die Hände ihrer örtlichen Quacksalber oder Scharlatane begeben, statt sich hier bei uns über die Promenade schieben zu lassen. Das ist kein schönes Bild und steht in einem inakzeptablen Kontrast zu der hohen Sylter Lebensqualität. Weshalb nur sollten wir derartigen Fehlentwicklungen Vorschub leisten und womöglich die klangvolle Titulatur »Goldstaubinsel« aufs Spiel setzen?

Ganz generell halten wir wenig davon, als Einwanderungsinsel missbraucht zu werden. Kurgäste ja, Neubürger nein. Unser Motto lautet: Wir sind drin, der Bus ist voll.

Heimatdichter Hessenschreck

Vor einiger Zeit ist mir der Fehler unterlaufen, in einer Zeitung peinliche Details über Veranstaltungen auszuplaudern, die mir, vorsichtig ausgedrückt, ein bisschen aus dem Ruder gelaufen sind – vulgo: meine Flops. Ich wollte, das war die schlichte Absicht, den geneigten Leser teilhaben lassen an der Unplanbarkeit der Lebens- und Arbeitswelt. Ja, ich will's nicht verhehlen, ein bisschen Mitgefühl wollte ich bei der Gelegenheit schon abräumen, denn wer wie ich als Narr und Gaukler täglich irgendwo am Kronleuchter schaukelt, wird bei den wirklich wichtigen Fragen des Lebens schlichtweg außen vor gelassen, nicht mehr konsultiert.

Doch der Reihe nach: Was bewirkte die besagte Berichterstattung zu den Themenkreisen »Voll lustig an die Wand« oder »Spaßversuche im Grenzbereich«? Nun, die Leserschaft war hell begeistert, überschlug sich fast vor Schadenfreude – nur von Verständnis und Einfühlungsvermögen mir gegenüber keine Spur! Im Gegenteil: Mein Postfach wurde zugemüllt mit der Forderung, dergleichen mehr zu schildern und die komplette Hitparade der »Volldanebens« endlich zu veröffentlichen und einzeln abzuarbeiten.

Nicht gerade schmeichelhaft. Dennoch habe ich mich, damit der Umgang miteinander in dieser von Hedonistenpack durchseuchten Gesellschaft wieder etwas friedvoller wird, sowie aus erzählhygienischen Gründen entschieden, dem plebiszitären Begehren nachzugeben und eine weitere Episode aus meiner Wundertüte hervorzukramen. Möge diese Begebenheit meinen Lesern das schöne Gefühl der Betroffenheit näher bringen.

Es begab sich vor einigen Jahren, dass eine Seniorenwandergruppe aus dem schönen Bundesland der Hessen ihren Urlaub im Jugendseeheim Kassel in der Dünenlandschaft nördlich von Kampen verbrachte. Es war im November, und wie wir wissen, ist der November nicht jedermanns Sache. Da hält der Mensch seine gute Laune schon mal flach, und das Wetter hilft ihm gern dabei.

Zum besseren Verständnis will ich kurz einfügen, dass die Ver-

hältnisse in dieser hessischen Enklave auf Sylt so beschaffen sind, dass man – ganz vorsichtig formuliert – dort ein Sozialdrama der Gerhart-Hauptmann-Kategorie hätte aufführen können, ohne vorher die Szenerie groß zu verändern. Ja, ich erdreiste mich zu behaupten, dass eine Verfilmung von Alexander Solschenizyns bedrückendem Hauptwerk »Archipel Gulag« in den Räumlichkeiten des Jugendseeheims zu Oskar-Nominierungen geführt hätte – allein wegen der fantastischen Kulisse!

Wie dem auch sei, die Wandergruppen-Oberleiterin spürte irgendwann, dass sie ihrer Truppe ein Abendprogramm anbieten müsse, wollte sie die labileren Schlurfis nicht in Suizidgedanken treiben lassen. Also erfragte sie beim Heimleiter das frühwinterliche Entertainmentprogramm Sylts.

Dessen Gesicht hätten sie sehen sollen, der klappte bald zusammen:»Was wollen sie?« fragte er die Frau entgeistert.

Der Grund: Zu dieser Jahreszeit befinden sich traditionell sämtliche Inselführer, Lichtbildvorträger, Gitarrenzupfer und Trachtentänzer im Urlaub, zur Darmspiegelung oder liegen irgendwo betrunken herum. Nur Friesenkomiker Degen lauerte in seiner Geldgier am Telefon – und rannte voll ins Kasseler Messer. Da der Seniorengruppenleiterin die Bezeichnung »Kabarettist« anrüchig erschien, wurde ich, was ich erst später erfuhr, als Heimatdichter angekündigt, der heiter-besinnliche Geschichten von der Insel erzählen würde.

Also machte ich mich nichts ahnend auf den Weg in Richtung Vogelkoje, um in der Gegend nach mehreren Fehlversuchen erst die richtige Abfahrt und dann den verabredeten Treffpunkt anzusteuern.

Ein nasser Nordwest pfiff durch die seit der Eiszeit unveränderte Vegetation, ein Häufchen lodenvermantelter Hessenrentner stemmte sich übellaunig gegen den Wind und trottelte hinter einem Zivi her, der einen Pavillon aufschlüsselte, Typ Wehrmachtsbau unsaniert, einige hundert Meter entfernt vom Appellplatz, mitten in der Natur. Drinnen sah es aus wie in einer evangelischen Totenhalle in katholischen Landen: Resopaltrostlosigkeit unter Neonlicht – oder war das etwa eine Sonderausstellung nordkoreanischer Spitzenarchitekten?

Meine klapprigen Klienten nahmen Platz, ohne sich ihrer groben Wetterkleidung zu entledigen, überstülpt von Kopfbekleidungen, wegen derer sie in jeder zivilisierten Kleinstadt leicht eine Entmündigung oder Zwangseinweisung hätten provozieren können. Mit jeder Minute wurde mir klarer, dass sich da eine unlösbare Aufgabe vor mir auftürmte. Hier prallten Welten aufeinander, die nichts voneinander wussten und eigentlich auch nichts miteinander zu tun haben wollten. Doch in Künstlerkreisen gilt das ungeschriebene Gesetz: Es wird gespielt, egal in welchem Ambiente und egal, ob einer zuhört oder zehntausend. Also los! Sekundenschnell wie ein Hochleistungscomputer von Lidl hatte ich im Kopf mein Programm umgestellt – ich zog quasi das C-Programm auf die Festplatte, wählte situationsbedingt die Plots mit den schlichtesten Dramaturgien und verstärkte meinen Vortag pantomimisch durch Techniken wie Augenrollen und grimassierende Mimik. Außerdem redete ich mit dem Stimmdruck eines Fischauktionators.

Die Reaktion: null. Die Truppe saß da wie ein Haufen Auswanderer in Bremerhaven, in denen so langsam Zweifel an ihrer kühnen Entscheidung hochkrabbeln. Einer mühte sich vergeblich, sein Hörgerät einzuordnen, was zu jaulendem Gepiepe im Obertonbereich führte. Na gut, der Mann war immerhin bemüht, mich akustisch zu verstehen – mein bis dahin größter Erfolg an dem Abend. Der wachhabende Zivi, ein blond gelockter Surfrabauke, stand wie ein Knastschließer mit verschränkten Armen an der Tür, klapperte zuweilen mit dem Schlüsselbund und schaute alle drei Minuten auf die Uhr.

Wollte ich Blickkontakt zu meinen Schutzbefohlenen aufnehmen, schaute ich in leere Augen: Menschen, deren Humor-Sozialisation durch dreißig Jahre »Blauer Bock« mit Äbbelwoi geprägt war, Menschen, das darf ja nicht vergessen werden, die Roland Koch zu ihrem »Landesvater« gewählt hatten. Die hier bestimmt!

Während eine meiner Gehirnhälften hochprofessionell das Rentnervergnügungsprogramm abspulte, funkte die andere dazwischen: »Komm, Alter, hör auf, das wird hier nix mehr. Mach den Tschüssikowski, pack ein und zieh Leine, bevor dir noch jemand während der Vorstellung wegstirbt.«

Aber das Problem löste sich zum Glück von alleine. Die ersten rappelten sich kopfschüttelnd und mit den Stühlen scharrend auf und verließen grußlos das Schlachtfeld. Ich machte eine verbale Vollbremsung, warf ihnen noch einige schnell zusammengelogene

Nettigkeiten über Kassel im Speziellen und Hessen im Allgemeinen hinterher und versuchte, mit kalten Blicken den Zivi zu töten, der mich triumphierend angriente, da er nun eine Stunde früher Feierabend hatte. So konnte er gleich nach Lichtausknips und Wandervogeleinschluss in sein strandnah geparktes Wohnmobil klettern und seine dort wartende Freundin vögeln.

Solche Ereignisse muss man als Künstler wegstecken. Ich habe da meine ganz eigenen Verdrängungsstrategien entwickelt: Den Landkreis Kassel und das gesamte Hessenland samt seiner babbeligen Ureinwohner habe ich aus dem Kleinhirn gestrichen und in meinem Navigationsgerät gelöscht. Vorteil: Für mich beginnt nun und ab sofort das lebensfrohe und humorbegabte, kauzige und so valentineske Bayernland bereits direkt hinter Hannover.

Abenteuerbahnfahrt mit der NOB

Dass viele Sylter und ihre Feriengäste grummelndes Unbehagen beschleicht, wenn eine Reise mit unserem schienengebundenen Regionalversorger ansteht, ist ebenso unverständlich wie unbegründet. Auf der Insel herumvagabundierenden Döntjes von Verspätungen erheblichen Ausmaßes, von Zugausfällen, verpassten Anschlüssen und dadurch vereitelten Geschäftsabschlüssen, sogenannten »Deals«, oder Sexualakten, sogenannten »Fucks«, sollte man keine Beachtung schenken. Denn Leute, wenn der Ferienflieger uns nicht, wie gebucht, im heimatnahen Hamburg absetzt, sondern wegen Wetterkapriolen in die Trostlosigkeit Hannover-Langenhagens spuckt, beklagt sich ja auch keiner. Genauso wie ein Stau auf der A7 oder der Ausfall des Lifts im Ärztehaus klaglos hingenommen wird, wie es sich gehört.

Nur wenn unserer hoch motivierten Nord-Ostsee-Bahn die Diesellok im Nirgendwo bei Lunden verröchelt oder die Türen klemmen oder die Klospülung nicht funktioniert oder die planmäßigen Ankunftszeiten durch ein weit spannenderes, chaosbestimmtes Zufallsprinzip ersetzt werden, springen hier alle im Dreieck und die Diskussionen büßen mit zunehmender Lautstärke an Sachlichkeit ein.

Leute, seht ihr denn nicht die Vorteile, die das neue Zeitmodell des Westküstentransporteurs mit sich bringt? War unser Tagesablauf bisher geregelt bis ins Detail – vom morgendlichen Wecker-an-die-Wand-donnern bis zur finalen Wickertschen Wortverstolperung in den ARD-Tagesthemen – so steht uns heute das Glück geschenkter Zeit ins Haus.

Angenommen, wir treten eine Fahrt nach Hamburg an. Bereits in Niebüll vermeldet der aufgeregte Zugbegleiter, dass die Weiterfahrt sich auf unbestimmte Zeit verzögert. Die Fahrgäste hätten dadurch die Gelegenheit, sich ein wenig in dem malerischen Städtchen umzuschauen. Voller Verständnis klauben wir unsere Habseligkeiten zusammen und treten hinaus ins milde Licht der Sonne über Niebüll, flanieren ein wenig durch das prickelnde Leben der südtonderner Metropole, entschließen uns kurzfristig zu einem kleinen Abstecher ins benachbarte dänische Königreich, lauschen dort schmunzelnd der lustig klingenden Sprache, verzehren einen Napf »röde Gröde med Flöde« (»Röllgröllmellflöle«), schauen den Wikingern in Süderlügum beim großvolumigen Alkoholschmuggel zu und unternehmen eine Kurzvisite Dagebülls, um den großen Fähren auf ihren weiten Reisen zu den fernen, nordfriesischen Inseln und Halligen heiter hinterherzuwinken.

Sodann erfragen wir bei der bäuerlich geprägten Bevölkerung den Weg zurück zum Niebüller Bahnhof, wo wendige NOB-Techniker die Lok in Windeseile wieder zusammengeflickt haben, und setzen mit mehrstündiger Verspätung – voll mit den gewonnenen, liebreizenden Eindrücken – unsere Reise Richtung Hamburg fort.

Der nächste charmante Ausfall lässt gottlob nicht lange auf sich warten. Kurz vor Husum streikt die sensible Steuerelektronik des Triebfahrzeuges. Wir verabschieden uns von unseren längst zu Freunden gewordenen NOB-Zugbegleitern und laufen die restlichen sechs Kilometer bis in die Kreisstadt zu Fuß. Wer sich dabei für den direkten Weg auf dem Gleiskörper entscheidet, was natürlich eine kaum zu entschuldigende Ordnungswidrigkeit bedeuten

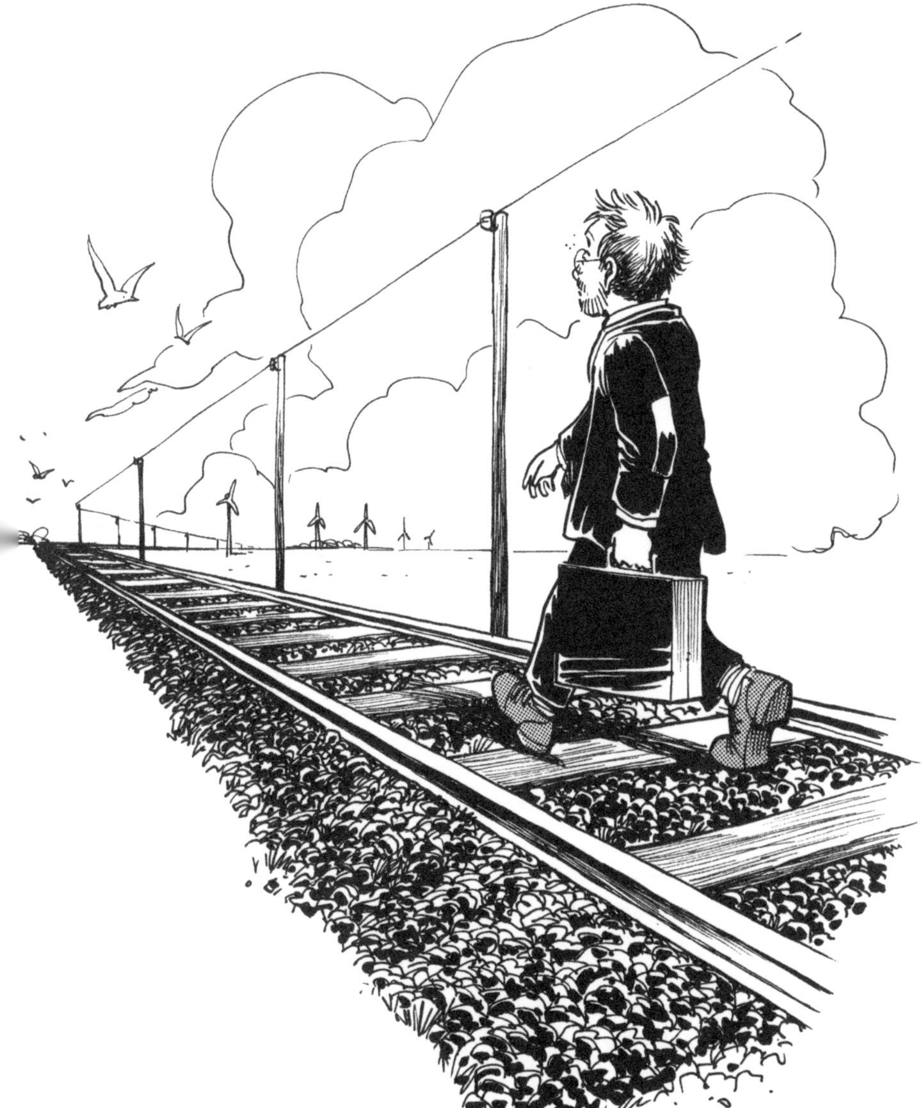

würde, sieht sich unweigerlich mit folgender Frage konfrontiert: Der Abstand von Schwelle zu Schwelle beträgt bekanntlich 84 Zentimeter. Zwei Schwellen auf einmal zu nehmen, vermöchten vielleicht Mordshünen wie Dirk Nowitzki oder Nikolai Walujew. Jede Schwelle wiederum einzeln abzutippeln sieht brutal schwuchtelig aus, dürfte allerdings gerade aus diesem Grund für große Teile der Sylter Männerwelt eine interessante Variante sein. Wie aber verhält sich der normal gebliebene Rest?

Ich beispielsweise bevorzuge das Graf-Luckner-Format – von dem deutschen Seeoffizier im Jahre neunzehnhundertdingeling entwickelt, als er Sitting Bull im Wilden Westen besuchen wollte, ihn aber nicht antraf. Dabei nimmt man immer abwechselnd erst eine und dann zwei Schwellen, ab und zu aufgelockert durch einen Kreuzschritt. Eine äußerst effektive, elegante, abwechslungsreiche und raumgreifende Technik. Allerdings verfestigt sich das Schrittestakkato nach mehreren Kilometern, und für Betrachter, die entlang des Gleiskörpers Position bezogen haben, sieht der so dahinstolpernde Zeitgenosse aus wie ein Tangotanzlehrer mit Schluckauf.

Egal. Irgendwann erreichen wir Husum, die Weiterfahrt ist durch eine liegengebliebene Draisine blockiert. Das bedeutet: Die Hafenstadt will von uns erobert werden. Also erst einmal hinein ins Hotel »Altes Gymnasium«, um dort kräftig zu brunchen. Zwei oder drei Flaschen Schaumwein aus französischen Provinzen zählen natürlich zum Verzehrumfang. Es ist ja schon mittags. Puppenlustig geht es zu, frivole Lieder stimmen wir im bacchantischen Übermut an und grabschen der kecken Kellnerin wie versehentlich unter den Rock. Was kostet die Welt? Die Rechnung geht an die NOB!

Wem dieser flotte Stil weniger liegt, möge einen beschaulichen Stadtrundgang bevorzugen und währenddessen die Wege und Wohnungen Theodor Storms erforschen, jenes berühmten Dichters, der sich nach einem Intercity der Bahn benannte.

Sicher auch eine nette Idee wäre es, mal beim Landrat vorbeizuschauen und ihn mit der Frage zu überraschen, was er denn so mit unserer fetten Kreisumlage anstellt. Provinzfürsten lieben es, wenn die Plebs sie hin und wieder in ihren Amtsstuben aufsucht.

Sollte sich die Weiterfahrt weiter verzögern, böte sich die Möglichkeit an, kurz nach Kiel 'rüberzurutschen, um sich an der Uwe-Barschel-Universität eine Gastvorlesung zum Thema »Schiene, Straße oder Bürgersteig: Wie kommen Fußgänger schnell ans Ziel?« anzuhören. Davon wird man bestimmt nicht dümmer. Allerdings in Kiel?

So weit, so gut. Schlecht wäre nur, das muss ich bei all meinem Einfallsreichtum zugeben, würde die marode Zugtechnik ein längeres Verweilen in Heide erzwingen. Zu Heide fällt mir nix mehr ein. Okay, man könnte den Marktplatz ausmessen und kontrollieren, ob der Eintrag als größter Marktplatz Deutschlands im Guinness-Buch der Rekorde zu Recht besteht. Sicher gibt es in der Nähe von Heide ein Sauerkrautmuseum, das sich gewinnbringend besichtigen ließe. Kann man machen, muss man aber nicht. Und dann gibt es noch das Bordell in Heide am Bahnhof. Immerhin.

Kostengünstiger und nützlicher wäre es, man gesellte sich zum Lokführer, um ihm Tipps zu geben, wie er seine Schwerölmonsterzugmaschine wieder ans Laufen kriegt. Was aber, wenn uns das nicht gelingt? Die Korrosion wird kaum freiwillig stoppen. Daher die Frage: Können Züge auf den Gleisen festrosten? Wer beschäftigt sich eigentlich mit solchen Problemen?

Prickelnd wäre auch eine ungewollte Reiseunterbrechung auf der Hochdonnbrücke. Totenstille, nur der Wind lässt das frisch renovierte Technikdenkmal leicht hin und her schwanken. Nach ein, zwei Stunden erschließt sich einem Albert Einsteins Theorie besser denn je, dass Zeit relativ sei.

Sollte der Zug jedoch, um die verloren gegangene Zeit wieder wettzumachen, in Itzehoe nicht anhalten wollen, sähe ich mich genötigt, die Notbremse zu betätigen. Denn Itzehoe ist mein Lieblingsbahnhof. Wer dort nicht verweilt, verpasst etwas. Allein die »Gockelerie« genießt einen bundesweiten Ruf, freilich nicht ihrer schmackhaften »Chicken Wings«, sondern ihres ungewöhnlichen Namens wegen. In Itzehoe, das ist von der Literaturwissenschaft und allen Leitmedien berichtet und nachgewiesen worden, hat sich Harald Schmidt Ende des vergangenen Jahrhunderts während eines zehnminütigen Zwischenstopps seines IC auf dem

Bahnsteig die Füße vertreten, er ist also quasi hin und her flaniert. Harald Schmidt, dieser Großmeister vergifteter Formulierungen. In Itzehoe! Unvorstellbar, aber wahr, er hat es selbst zugegeben. Und darum steige ich da auch jedes Mal aus, um die in den Bahnsteig eingelassene Bronzeplatte, die an Schmidts Rast erinnert, zu polieren.

Mein Lieblingsort für die Durchsage: »Meine Damen und Herren, die Weiterfahrt dieses Zug verzögert sich für unbestimmte Zeit. Die Toiletten im Zug sind aus technischen Gründen momentan nicht benutzbar. Wir bitten um ihr Verständnis!« wäre Elmshorn. Da spränge ich dann munter ins Taxi, ließe mich zum Airport Fuhlsbüttel kutschieren, würde dort »Last Minute« und »all inclusive« zwei Wochen Türkei buchen, auf dem Rückweg noch Oma in Ellerbek besuchen, einen Satireabend bei den Landfrauen in Bad Bramstedt abliefern, und wenn ich dann in Elmshorn wieder zusteige, bekäme ich mit etwas Glück meinen alten Platz.

Danach allerdings, und da wäre ich sehr energisch und inkonziliant, könnte ich weitere Verspätungen – aus welchen Gründen auch immer – nicht mehr akzeptieren. Die NOB ist also gewarnt.

Erste-Hilfe-Kursus für Sylter

Dass ich zu den besten, weil waghalsigsten Autofahrern auf Sylt zähle, ist unbestritten. Da können Sie jeden Streifenpolizisten und jede Politesse auf der Insel fragen. Nur mein mir angetrautes ökologisches Weltgewissen nörgelt ständig an mir herum und behauptet, sich nur extrem ungern meinen automobilen Künsten anzuvertrauen. Sie schimpft mich einen Möchtegern-Organspender, der die Straßenverkehrsordnung als Verwaltungsfolklore einstuft. Eine Stunde mit mir als Chauffeur würde sie jedes Mal zum Angstbeten treiben, der zu Recht weithin verachteten, weil mickrigsten Form des Gottesglaubens. Sollte ich weiterhin daran interessiert sein, sie als Sozia auf meinem Nebensitz zu haben, verlangte sie von mir ultimativ die Teilnahme an einem Erste-Hilfe-Kursus. Meinen Einwand, ich sei einschlägig ausgebildet, konterte sie mit dem leider zutreffenden Hinweis, dass diese Ausbildung ja wohl hoffnungslos verjährt sei. Das, was mir vor knapp vierzig Jahren beigebracht worden sei, hätte ja wohl mit dem neuesten Stand von Medizin und unfallchirurgischer Praxis nichts mehr gemein. Nun, um es vorweg zu nehmen, dieser aufgezwungene Lehrgang sollte mir zu ungeahnten Einsichten und Lebensweisheiten verhelfen ...

Um des lieben Friedens Willen und weil in mir seit jeher Neugier und Bereitschaft zur Fortbildung schlummern, meldete ich mich zu Jahresbeginn an: Fünfundzwanzig Doppelstunden sollten es sein, abzuleisten jeweils dienstags.

Gleich am ersten Abend erfuhren wir, dass dieser Kurs quasi en passant das Grundwissen eines Medizinstudiums bis zum Physikum vermitteln würde. Danach könnten wir an der Kieler Rainer-Barschel-Universität ins vierte Semester quereinsteigen. Vorausgesetzt, wir seien der lateinischen Sprache hinreichend mächtig. Unaufgefordert bejahte ich forsch, aber wahrheitswidrig und fügte hinzu, dass ich mich mit meiner Frau im Alltag ausschließlich auf Latein unterhielte. Die daraufhin an mich gerichtete Testfrage, was denn wohl der Satz »Errare humanum est« bedeute, beantwortete ich locker-flockig mit: »Irre sind auch Menschen«. Daraufhin wählten die anderen Lehrgangsteilnehmer mich zu ihrem Sprecher.

Das ging ja gut los und gleich anschließend auch schon in medias res, wie wir alten Lateiner sagen. Das bedeutete in praxi, dass wir Lernwilligen uns zum Kennenlernen sowie als vertrauensbildende Maßnahme gegenseitig abtasteten und per Schlauchsonde in die verschiedenen Körperöffnungen hineinschauten.

In der folgenden Doppelstunde kam bereits unser Erste-Hilfe-Lehrgangs-Experimentier-Set zum Einsatz. Die Aufgabe lautete: Gegenseitiges Freilegen von eingewachsenen Fußnägeln unter Verwendung der beigelegten Akkuflex mit Diamant-Trennscheibe.

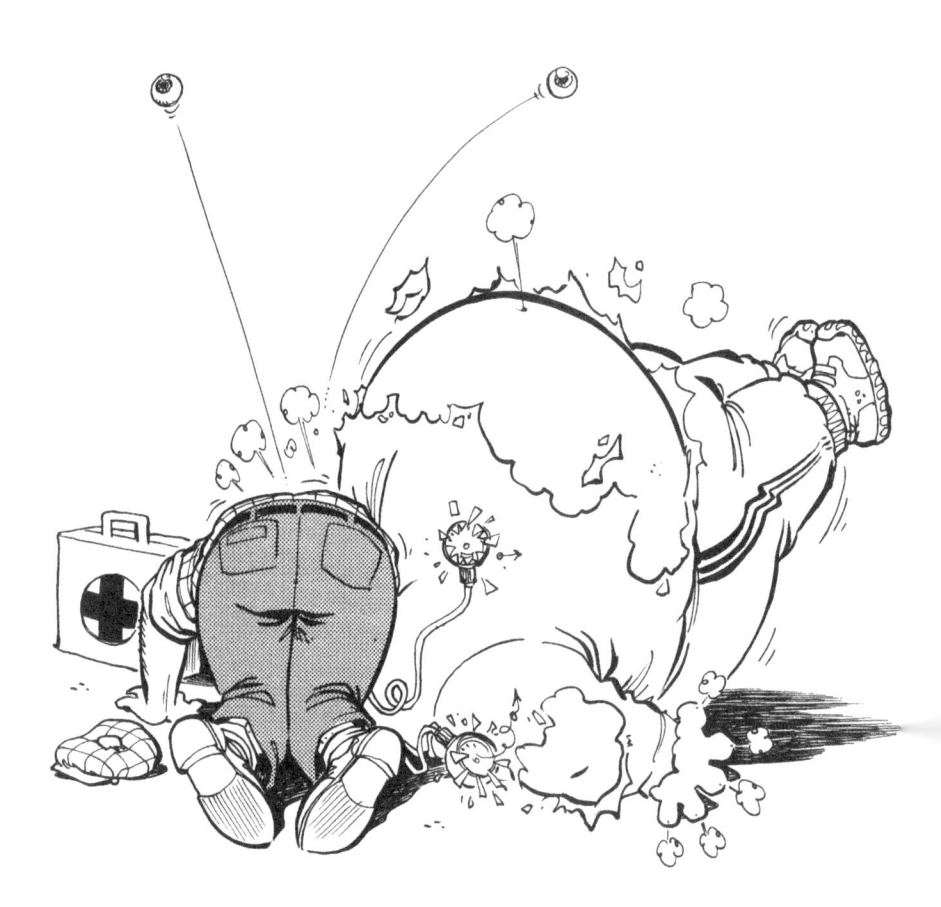

Leute, ein irrer Spaß, ein Gejuchze, ein Gefetze – die Nagelsplitter flogen nur so durchs Klassenzimmer. Im Prinzip lösten alle die Aufgabe zufriedenstellend, und als drei Wochen später die letzten Opfer das Krankenhaus verlassen hatten, konnte der Kurs auch schon fortgesetzt werden.

Mit der Zeit wurden die Aufgaben anspruchsvoller. Das liegt in der Natur der Sache, und so freuten wir uns sehr auf unsere erste Transplantationsübung. Zu lösen war eine Aufgabe, die bei Autofahrern zu besonders positiven Resultaten führt: Das transplantieren von Hornhautteilen der Füße in den Augapfel. Das ergibt unten einen sensibleren Gasfuß und oben mehr Durchblick. Eine geniale Idee.

Ende Februar standen Magen- und Darmspiegelungen auf dem Lehrplan. Für uns 15 Kursteilnehmer stand *ein* Gerät zur Verfügung, in olivgrün, günstig erworben aus Beständen der Nationalen Volksarmee. Es ging flott reihum, abwechselnd spiegelten wir uns Mägen und Därme. Ein wenig Behutsamkeit hätte allerdings manch einem gut zu Gesicht gestanden, denn wer zu schnell nachschob, spiegelte versehentlich beide Organe gleichzeitig.

Nach unseren recht praxisnahen Studien gingen wir natürlich nicht gleich nach Hause, sondern versammelten uns noch zu einem Absacker in »Bells Bierstube«, dem Sylter Treff der groben Gewerke. Zimmerleute, Eisenbieger, Betongießer gaben hier den Ton an und natürlich Chirurgen, zu denen wir uns nun auch bereits rechneten. Es entstand eine ganz eigene Heiterkeit, das Bierstubenflair schweißte uns angehende Rettungskräfte gehörig zusammen. Neben Pils und Köm experimentierten wir gelegentlich mit stimmungssteigernden Psychopharmaka, eine für jeden Autofahrer empfehlenswerte Spaßalternative, wenn man sich nur einmal die Strafandrohung für sogenannte Alkoholsünder am Steuer vor Augen hält. Nach diesen bunten Abenden stolperten die Kommilitonen immer besonders locker und entspannt nach Hause.

Hochgradig gespannt waren die Kursteilnehmer auf die Verlegung erster Bypässe. Dafür brauchten wir nicht einmal Freiwillige, was möglicherweise schwierig gewesen wäre. Wir bestimmten einfach den stärksten Raucher unserer Gruppe zum Experimentalkörper. Um den Eingriff schonender zu gestalten, haben wir ihm jede erdenkliche Schonung angedeihen lassen, ihm beispielsweise keine Vene rausgezupft und umtransplantiert, sondern zwei gut gleitende Polyrohre aus dem Baumarkt geholt und sie ihm eingebaut.

Eine der Hauptübungen unseres Crashkurses bestand in der Reanimation Scheintoter durch Mund-zu-Mund-Beatmung und erlangte nicht ganz unerwartet Eventcharakter. Zum besseren Verständnis der Vorgänge ist einiges Basiswissen hilfreich.

Zum Einüben der hoch komplizierten Wiederbelebungspneumatik existiert auf Sylt eine Übungspuppe, ein sogenannter »Dummy«. An dem darf beziehungsweise muss jeder Druckluft-Azubi herumschnullern, bis ein grünes Licht anspringt. Da es sich dabei um einen recht intimen Vorgang handelt, wurde die Puppe nach einigem Hin und Her »Hannes« getauft. Der Name war deshalb mehrheitsfähig, weil die Mehrzahl der Kursteilnehmer weiblich und dazu ein nicht unerheblicher Teil der Männer homoerotisch orientiert ist, eine in Köln und auf Sylt weit verbreitete, besondere Spielart der Natur.

Verschärft wird die Vermenschlichung der Beziehung zwischen Puppe, respektive »Dummy«, und Erste-Hilfe-Schülern dadurch, dass Hannes prächtige Perlmuttaugen hat, die durch nachlässige Endmontage asymmetrisch vernietet wurden, wodurch sie dem Hannes einen betörenden Silberblick verleihen. Wenn man sich dann noch bewusst macht, dass achtzig Prozent der Probanden Singles sind und menschliche Nähe praktisch nur noch in der Schlange vor der Aldi-Kasse erfahren, wird die fiebrige Vorfreude auf die Übungsabende mit der Gummipuppe begreiflich.

Dennoch kam es zu einem Dramulett. Die Übungspuppe Hannes ist nämlich ständig auf Sylt unterwegs, prostituiert sich quasi mit ihren gummibenoppten Öffnungen auf verschiedenen Lehrgängen und Seminaren. Am Tag vor unserem Termin hatte Hannes im Muasem-Hüs seine Öffnungen hinzuhalten, anlässlich einer First-Aid-Nachschulung, denn auch der Sylt-Oster soll sich nach dem Willen der Gemeindevertreter verstärkt mit den Handgriffen der Ersten Hilfe vertraut machen, hört man doch immer wieder, dass dort Ansässige von Mähdreschern gestreift oder von zusammenstürzenden Torfstapeln verschüttet wurden. Sehr häufig treten dort Handverletzungen auf, erlitten an lichtschwachen Wintertagen beim Aufreißen der Grünkohlkonserven. Auch hört man, dass speziell zum Monatsende hin Bewohnern des Sylter Ostens beim Versuch, einem Geldautomaten Bares zu entlocken, nicht nur die Karte geschluckt wird, sondern gleich der rechte Arm bis hoch zum Musikantenknochen.

Nun wissen wir ja alle, dass der Morsumer aus der Gleichförmigkeit der üblichen Sylter Charaktere herausragt. Diesem Ureinwohner, der seit Jahrhunderten durch Feld-, Land- und Forstwirtschaft geprägt wurde, hat sich eine genetische Singularität eingefräst. Er bezaubert immer wieder durch mentale und physische Rustikalität: Der Morsumer geht schon mal durch eine Tür, ohne sie vorher zu öffnen! Anthropologen bescheinigen ihm eine grobmotorische Hochbegabung. Und das prachtvollste Exemplar dieser Gattung dürfte Sönke Sönksen sein, von der Statur her ein Typ wie Wladimir Klitschko. Sein Gesicht ist ... na, wie soll ich's sagen ... also, ich sag's mal so: Wenn ich ihn, den Sönke, so anschaue, dann denke ich unwillkürlich: »Ja, doch, der Schöpfer hat durchaus Humor.«

Sönke Sönksen schrieb übrigens jüngere Fernsehgeschichte, als er in der Sendung »Wetten, dass ...« mit Thomas Gottschalk Wärmflaschen aufblies, bis sie platzten.

Und genau dieser Sönke Sönksen, eigentlich eine Seele von Mensch, beugte sich an besagtem Montag hernieder, um mit dem vor ihm liegenden, wehrlosen Hannes eine druckdichte Mund-zu-Mund-Verbindung herzustellen und der perlmuttäugigen Gummiwurst den menschlichen Odem einzuhauchen.

Sie ahnen schon, was dann geschah. Dem späteren Bericht des TÜV-Sachverständigen für Heißluftballons und Gummipuppen war zu entnehmen, dass die Kursleitung es versäumt habe, Sönke Sönksen rechtzeitig darauf hinzuweisen, dass Hannes nur bis drei Atmosphären druckgeprüft sei.

Sönke öffnete also seinen Mund bis zum Anschlag, überschlappte dabei das Gesicht von Hannes zu zwei Dritteln – und drückte ab. Das Geräusch, das dabei entstand, war unterirdisch und übermenschlich zugleich, so als würde jemand dickbackig ein Dohlennest aus der Entlüftung seiner Gästetoilette blasen. Sämtliche Messinstrumente sprangen auf Alarm, mit sechs Komma drei Atmosphären blies Sönksen den Hannes kugelrund, dessen perlmuttene Richard-Gere-Glotzerchen schossen aus dem Korpus, durchschlugen die Decke des Muasem-Hüs' und verglühten kurz darauf als Kometen im All. Dann war Hannes platt wie eine Luftmatratze, Sönke staunte, war sichtlich geschockt und die Weiber im Kurs heulten sich die friesischen Augen rot. Hannes war hinüber. Für eine Weile stand das Gummiluder für unsere Experimente nicht mehr zur Verfügung.

Sönke Sönksen, gegen den sich der Zorn der Damen richtete, schwor Stein und Bein, dass er gar nicht richtig geblasen hätte wie beim Gottschalk, sondern bloß ganz normal ausgeatmet. Es täte ihm alles sehr Leid und ob Hannes wohl Angehörige hätte, um die er sich jetzt kümmern müsse. Tja, der Hellste ist unser Sönke halt noch nie gewesen.

Die Morsumer haben dann über Notruf den Sachverständigen für Gummi-Noppen-Übungs-Dummy-Puppen angefordert, der rein zufällig auch den Posten des Schlauchwarts bei der örtlichen Feuerwehr bekleidet. Der Bursche war früher praktizierender Gummifetischist, ist aber, als seine sexuelle Triebhaftigkeit abklang, vom Arbeitsamt umgeschult worden.

Der hat unseren Hannes ordentlich mit Talkum eingepudert und zum Reifenfabrikanten Continental nach Hannover geschickt, wo ihm neue Augen einvulkanisiert wurden. Allerdings, um seinen veränderten Lebensumständen Rechnung zu tragen, wurden die neuen Augen mit 28-Millimeter-Niroscheiben unterlegt und von innen mit selbst sichernden 18-Millimeter Muttern gekontert. Dann wurde seine Belastbarkeit bis zu neun Atü getestet und Hannes zurück nach Morsum geschickt.

Aber zurück nach Westerland ins Katastrophen-Szenarium. Dort stand nun die Erste-Hilfe-Abschlussprüfung für die Lehrgangsteilnehmer an – und das ohne Puppe! Wie sollte das gehen?

Zum Glück erwies sich der Kursleiter als einfallsreich, schwang sich auf zum Krisenmanager von der Güte Helmut Schmidts und fragte in unserem Kreis herum, ob sich wohl jemand für den verunfallten, pneumatischen Kollegen zur Verfügung stellen würde. Da ich persönlich mein Leben seit langem moralisch ausrichte am Kennedyschen Imperativ: »*Frage nicht, was dein Land für dich tun kann, frage, was du für dein Land tun kannst!*«, erklärte ich mich spontan mit Leib und Seele bereit, den Gummi-Dummy zu doubeln, legte mich rücklings auf den Boden und öffnete den Mund. Heimlich geknipste Fotos, die mir später zugespielt wurden, zeigen eine starke Ähnlichkeit mit dem Bild »Der Schrei« von Edvard Munch. Die Kursteilnehmer, namentlich die femininen, wirkten sofort stark erregt, drängten zu meinem Schlunde, fiebrig die Augen, fahrig die Hände, pochend der Puls. Ich kenne diese Symptome von den zahllosen Fans, die mir nach Vorstellungen im Backstagebereich auflauern.

Trotzdem schien es mir sicherer, einige Worte an meine Mitschüler zu richten. Ich gestand ihnen zu, mich in diesem Moment und in dieser Rolle gern Hannes nennen zu dürfen, und bat die Frauen ausdrücklich, dass sie, wenn sie sich über mich beugen, sich möglichst nicht mit der Hand an unbeteiligten Körperteilen abstützen mögen.

Als ich sie dazu anflehte, bei der bevorstehenden Beatmungsübung nicht mit ihrer Zunge an meinem Gaumenzäpfchen herumzuspielen, da ich sonst ekstatisch ablachen müsste, äußerten sich einige enttäuscht, zornig, ja sogar beleidigt. »Nein, so nicht«, opponierten sie, das würde keinen Spaß mehr machen, das würde sie völlig abtörnen, kurzum: »Das wäre ja wie zu Hause!« Ich habe die Nummer dann ganz passabel hinter mich gebracht und wurde sogar von Seiten der Seminarleitung für meine Hingabe belobigt: »Ohne Sie, Herr Degen, hätten wir keine Diplome austeilen können.«

An das Ende des sechsmonatigen Anatomie- und Erste-Hilfe-Kurses für Autofahrer hatten kluge Strategen die nähere Betrachtung von Leber und Fortpflanzungsorganen gesetzt. Der einschlägige Belastungstest sollte durch die zügige Verköstigung großer Mengen von Tütenwein erfolgen. Über eine Stunde lang diskutierten wir den wissenschaftlichen Ansatz, die aufkommende gute Laune – es handelte sich genau genommen um eine bacchantische Hallodri-Stimmung – in die Erforschung der Fortpflanzungsorgane einfließen zu lassen. Zugegeben, eine Schnapsidee.

Der Kursleiter brach daraufhin die gesamte Veranstaltung ab und fuhr mit uns nach List zu Austernmeyer. Dort durfte sich jeder auf Kosten des Roten Kreuzes zwölf nackte, rohe Austern reinschlürfen.

Diese Leistung wurde von der Prüfungskommission genauso bewertet wie eine erfolgreiche Mund-zu-Mund-Druckluftbetankung. So sind dann alle einwandfrei durch den Abschlusstest gekommen.

Neues aus der Sexualforschung

Die Kunst, ein gutes Leben zu leben, besteht unter anderem darin, sich selbst von Zeit zu Zeit in Frage zu stellen – täglich mindestens einmal. Notfalls mit Hilfe einer kleinen, eingeschobenen Meditation. An der Ampel zum Beispiel. Ja, sogar an jeder gewöhnlichen Fußgängerampel ist es möglich. Man bleibe stehen, entspanne achtzig Prozent seiner Muskulatur und richte den Blick nach innen. Sodann frage dich: »Bin ich?« Und wenn ja: »Warum?« Oder andersrum: »Ich bin – aber warum gerade hier?« Du stehst zwischen all den anderen Passanten am Bordstein, schwankst kurz wie ein Rohr im Wind, und wenn die Ampel wieder auf Grün springt, fühlst du dich durch deine Minimeditation durchströmt von Wärme und Zufriedenheit. Zentrale Fragen des Lebens sind beantwortet oder zumindest gestellt, und nahezu schwerelos überschreitest du den Fahrdamm ...

Selbst bildungsfernen Bevölkerungskreisen ist dieses kurze Innehalten keineswegs fremd. Nur geschieht es nicht bewusst, sonder eher als dumpfer Stammhirnreflex, wenn sich ein rotgesichtiger Couch-potatoe nach sieben Stunden Unterschichtenfernsehen aus leeren Bierdosen und Kartoffelchiptüten hervorwühlt, die Fernbedienung an die Wand pfeffert und sich fragt, ob der liebe Gott, als er das Leben schuf, sich das Leben so vorgestellt hat.

Sorgen bereiten mir in dem Zusammenhang neueste Forschungsergebnisse aus Nordamerika. Die besagen, dass Männer, im statistischen Mittelwert, alle 56 Sekunden an Sex denken; Frauen dagegen nur alle fünf Tage. Ich meine, wir Männer stecken die Frauen ja in vielerlei Hinsicht locker in die Tasche – aber derart krass überlegen sind wir denn doch selten.

Wenn man solche Fakten erfährt und die erste Fassungslosigkeit überwunden hat, wird einem schlagartig bewusst, wie wichtig für Männer der regelmäßige Mittagschlaf und die Bundesligaberichterstattung sind: Phasen der Entspannung, endlich mal weg von dem elenden Druck, sich alle 56 Sekunden komplizierte Kopulationskopfbilder machen zu müssen.

Nun gibt es aber Frauen, die mit einem überbordenden Renitenzpotential ausgestattet sind, denen man ohne weiteres eine Alice-Schwarzer-Affinität unterstellen darf. Aus dieser Ecke kommt die eifernde Gegenrede, das könne alles gar nicht angehen, da Männer ja erwiesenermaßen nicht in der Lage seien, mehrmals am Tag einen klaren Gedanken zu fassen, geschweige denn alle 56 Sekunden.

Das ist, obwohl stark ideologisch gefärbt, eine diskutable These.

Was aber entgegnen dieselben Feministinnen, wenn wir ihnen vorhalten, dass viele Frauen aus dem Milieu frühpensionierter Diplom-Bibliothekarinnen oder hauptamtlichen Gleichstellungsbeauftragtinnen für horrendes Geld nach Asien fliegen, um dort mit Hilfe quälend langweiliger Meditationen das schwebende Glück imaginärer Augenblicke zu erhaschen?

Da haben wir Männer eine deutlich überlegene Methode entwickelt: Alle 56 Sekunden lösen wir uns gedanklich aus der trüben Realität und begeben uns blitzartig in die flirrende Atmosphäre schwüler, schmutziger, abartiger Sexpraktiken. Und wenn dann die nächste Tussi mit dicken Möpsen vorbeistakst, müssen wir nur aufpassen, dass uns nicht vor lauter Geilheit der Speichel aus der Mundhöhle rinnt.

Diese Erkenntnis vor Augen beginnt man zu begreifen, warum heterosexuelle Zweierbeziehungen so extrem schwierig sind. Denn die Sechsundfünfzig-Sekunden-Vertaktung des Mannes mit dem Fünf-Tage-Rhythmus des Weibes zu synchronisieren, ist nahezu unmöglich.

Beispiel: Wenn eine Frau sich fünf Tage lang damit beschäftigt hat, Schuhe zu kaufen, vorwärts einzuparken und soziale Kompetenz nachzuweisen, dann aber urplötzlich wie aus dem Nichts einen hormonellen Stepptanz hinlegt, während ihr Mann just in dem Augenblick seine turnusgemäße Sexdenkpause einlegt, dann ist statt Hully Gully in den Betten tränennasser Rambazamba in der Einbauküche angesagt.

Ich meine: Das soll und das darf nicht sein! Das muss alles hinterfragt werden. Das Glück zu zweit und der Frieden auf Erden müssen dringend gestärkt werden. Zum Glück habe ich da zwei ge-

niale Lösungen entwickelt, Patentrezepte, um den gordischen Knoten der sexuellen Asymmetrie aufzubröseln: Würden Frauen alle 56 Tage an Sex denken, wäre eine Synchronisation mit den Männern deutlich leichter erreichbar. Das könnte ich sogar mathematisch nachweisen, wenn ich wollte. Nun mag der eine oder andere Leser zweifelnd einwerfen, dass es dann ja doch recht selten zum Geschnaksel komme. Denen sage ich: Ist aber immer noch öfter als Weihnachten. Das wiederum bedeutet, dass in manchen Beziehungen durch diese Lösungsvariante A die sexuellen Aktivitäten in die Höhe schössen wie der Dax in Zeiten der New Economy.

Mein zweiter Lösungsansatz besteht darin, dass die Männer in Umkehrung der von US-Forschern behaupteten Realität ihre volle Konzentration darauf lenken, alle 56 Sekunden nicht an Sex zu denken, sondern beispielsweise an Hustenbonbons, Stiefmütterchen oder das Abschmelzen der Erdkappen. Was das wiederum für die sexuelle Triebhaftigkeit des Mannes und die Empfängnisbereitschaft der Frau bedeutete, das erkläre ich ihnen in der nächsten Woche.

Manchmal kommen mir nämlich erhebliche Zweifel, ob diese neue Erkenntnis aus Amerika überhaupt wissenschaftlich haltbar ist. Okay, die im Fernsehen übertragenen Karnevalssitzungen stützen die These. Denn die Mimik des Elferrats beim Tanz der Funkenmariechen belegt eindeutig, dass diese honorigen Herrschaften in dem Augenblick nicht an ihre Altersversorgung oder an das Ozonloch denken.

Bei einigen Politikern habe ich ferner den Eindruck, dass sie sich mühelos eine ganze Legislaturperiode lang dem Druck der Hormone auf die Gedanken entziehen – Horst Seehofer und Klaus Wowereit mal ausgenommen. Aber wenn Kurt Beck einmal mit dem gesamten Fernsehballett eine Nacht im Fahrstuhl festhängen würde, ich sach mal so, dann wären die Mädels im schlimmsten Falle am nächsten Morgen alle in die SPD eingetreten.

Ich selbst stehe über den Dingen, ich würde das statistische Mittel enorm nach oben geschraubt haben, wäre ich per Zufall in die Stichprobe geraten. Denn ich kann mit einigem Stolz behaupten fähig zu sein, bis zu neunzig Minuten am Stück nicht an Erotik zu denken; und zwar immer wenn ich auf Schicht bin, also wenn ich auf der Bühne stehe und das Volk im Saale zutexte. Einwände Bösartiger, dass das ja nun wahrlich keine Kunst sei in Anbetracht meiner Zielgruppe, die ihre Glanzzeit mehrheitlich während des Wie-

deraufbaus nach dem letzten Krieg erlebt habe. Diese Deutung weise ich zurück: Mein Publikum ist sehr wohl sexy, und Frauen sind in Vielzahl darunter, die Praktiken drauf haben, da würden sogar die Luden auf dem Hamburger Kiez erröten...
Es ist eben alles eine Frage der inneren Einkehr. Auf der Bühne fühle ich zölibatär, da denke ich mönchisch – im Kleinkunstgewerbe wird Erregung eben anders buchstabiert als in Rotlichtetablissements. Und da wir Männer im Gegensatz zu den Frauen nachweislich nicht zwei Dinge gleichzeitig tun können – das geben unsere Speicher- und Rechnerkapazitäten einfach nicht her –, ist das Thema im Grunde auch gar kein Thema.

Obwohl, ich gebe es zu, manchmal passiert es doch. Ab und zu und in letzter Zeit immer häufiger trete ich fern meiner Heimat Sylt auf, in Orten und Gegenden, die ich erst nach einer langen, mühseligen Anreise erreiche. Wenn ich dort des Abends auf groben, aus einheimischen Hölzern zusammengezimmerten Brettern stehe, vom Jet-Lag aus meinem Bio-Rhythmus gerissen, spüre ich manchmal, wie sich meine Persönlichkeit spaltet, gleichsam asynchronisiert. Ich stehe dann irgendwie neben mir, höre mich reden, lächle still über all die gelungenen Pointen und schaue mir dabei versonnen mein Publikum an.

Bei diesen Gelegenheiten zähle ich meist durch und bin so nach Jahren zu der Erkenntnis gekommen, dass mein Publikum zu 78 Prozent aus Frauen, zu 14 Prozent aus Männern und einem flirrenden Rest unterschiedlichster Spielarten der Natur besteht.

In solchen Situationen nun lasse ich mich mitunter ablenken, fokussiere mich vielleicht auf ein Rasseweib in Reihe zwei mit hohem Luderpotential – und schon rutscht jener Teil von mir, der für den Text zuständig ist, ins Zotige ab, unterschreitet tief mein hohes Niveau. Ich kann mich einfach nicht dagegen wehren, und was soll ich Ihnen sagen: Die Weiber flippen aus. Sie kreischen vor Begeisterung, Dessous fliegen auf die Bühne, der Abend gerät außer Kontrolle und nachher, wenn ich mich unter Ellenbogeneinsatz in die Garderobe geflüchtet habe, muss ich einen Stuhl unter die Türklinke klemmen, um nicht Opfer der in fünf langen Tagen aufgestauten Geilheit von Landfrauen und Kulturkreisabonnentinnen zu werden...

Verbrüderung mit den Maorikämpfern

Der Großmeister des Wortes, seine Eminenz Hans-Magnus Enzensberger, hat in einem Aufsatz den Luxusbegriff neu definiert, und zwar mit einem gerade für Sylt verblüffenden Ergebnis. Begehrenswert sind nach seiner Beobachtung nicht mehr schnelle, rote Ferraris, goldene Rolex-Armbanduhren, Champagnerkisten und Parfümdüfte von Karl Lagerfeld, sondern Güter wie Zeit, Aufmerksamkeit, Sicherheit, Raum und Ruhe. Das Immaterielle, das nicht Vermehrbare, das natürlich knappe Gut ist heutzutage das Wertvolle, das Erstrebenswerte. Was bringt mir ein Lamborghini, wenn jeder Lude so einen fährt, wieso sollte ich nach New York zum Shoppen jetten, wenn mir vor dem Abflug die Security in den Schritt greift, und warum soll ich saufen, wenn ich gar nicht durstig bin? Nur weil die anderen das auch machen? Das ist doch kein Argument für einen Mann von Welt und Geschmack ...

Ganz ehrlich, ich bin ein glühender Anhänger dieser Enzensbergerschen Thesen und zwar ganz besonders im Hinblick auf den Teilaspekt der *Ruhe*, der ist mir wichtig. Da stelle ich an meine rumpelige Umwelt hohe Ansprüche. Denn ich suche immer wieder – abseits jeder Weltdynamik – Plätze der *Ruhe*, Stätten der Einkehr.

Einmal – es war im Winter – bin ich von Rantum nach Hörnum gelaufen, am Strand. Es waren nur wenige Personen außer mir unterwegs. Irgendwann war ich ganz allein. Kilometerweit vor mir und hinter mir kein Mensch. Dann schlief auch noch der Wind ein. Es war totenstill. Kein Ton, kein Laut, nichts. Das einzige Geräusch, das ich vernahm, waren meine eigenen Schritte. Ich blieb stehen. *Ruhe*. Die Zeit blieb stehen. Endlich! Ich war – so kam es mir vor – der einzige Mensch auf der Welt.

Höchst beglückend war auch einmal eine Zugfahrt, von irgendwo zurück nach Sylt. Es war sehr spät geworden und es war Winter. Ich hatte einen ganzen Wagen für mich. Irgendwann blieb der Zug unterwegs stehen. Ein Problem mit dem Triebfahrzeug. Oder so. Auch die Klimaanlage verabschiedete sich lautlos. Es war

mausetotenstill. Eine gleichsam antiseptische akustische Atmosphäre, ähnlich der in einem Tonstudio. Draußen, um mich herum, mein plattes Heimatland, kalt und leer, drinnen ich und eine unendliche *Ruhe*. Ich hörte nur meinen Herzschlag: Padebum padebum, padedubi dubidum – dann wieder: *Ruhe*. Schwereloses Geistesschweben. Es kam mir vor, als sei ich – genau wie damals am Strand – der einzige Mensch auf der Welt.

Und dann der Kursaal in Westerland: Ich stehe auf der Bühne, im leeren Saal. Die Ton- und Lichtprobe ist durch. In einer Stunde soll es losgehen, dann steppt hier Bruno, der Problembär: schrilles Gelächter, tosende Beifallsstürme, nach Zugaben gierendes Fußgetrampel, hemmungsloses Gejohle und rhythmisches Geklatsche, oft lang anhaltend, für einen Feingeist wie mich kaum erträglich.

Aber jetzt, eine gute Stunde vorher, ist *Ruhe*. Lediglich die Bühnenbretter knacken ganz leise, vornehm fast. Spannung schwebt im Raum. Staub tanzt im Scheinwerferlicht. Die Minuten verrinnen. Die Zeit atmet. Ich auch. Es ist ganz still. Macht Kursäle zu Kathedralen! Geht doch alle wieder nach Hause! Lasst mich endlich allein!

Ich schrei's hinaus mit stummen Worten: Ich bin jetzt, hier auf der Probebühne, der einzige Mensch der Welt!

Ach ja, solche Augenblicke sind Sternstunden, sind Gottesgeschenke.

Allerdings gibt es auch andere Erlebnisse, Augenblicke, Situationen, die nicht annähernd von solch hohem Adel sind, Verstolperungen im Menschenleben, derer wir uns nur unter Sodbrennen und mit Schweißperlen auf der Stirn erinnern: *Brachiale Lärmerlebnisse*, die sich unserem Einfluss entziehen und denen wir dennoch mit Haut und Haaren ausgeliefert sind.

Vor vielen Jahren beispielsweise unternahmen wir, meine treues Weib und ich, eine Radtour durch Neuseeland. Vom Zeit- und Klimasprung sowie einem mehrtägigen Flug noch leicht derangiert, so quälten wir uns durch die raue Topographie. Irgendwie hatte ich den Maßstab unserer Straßenkarte nicht korrekt überrissen, und so dauerte es geschlagene zwölf Stunden, die Berge rauf, die Berge runter, bis wir unser Ziel, eine Ortschaft namens Thames erreichten, ein Goldgräberstädtchen mit Wildwest-Holzhäusern.

Wir fanden ein pittoreskes Hotel, aßen einen Happen leckeren Schafsmagen und fielen supertodmüde ins Bett.

Irgendwann, in der allersüßesten Tiefschlafphase, die Gott Morpheus für uns Erdenbewohner erschaffen hat, wurde ich wie durch ein Erdbeben wachgerüttelt, fiel krachend aus dem Bett und tanzte von brachialen Musikbässen angetrieben wie ein Wassertropfen auf der heißen Herdplatte durchs Fremdenzimmer. Es dauerte ungefähr vier Minuten bis dieses Höllenspektakel endete.

Entsetzt stellte ich fest, dass mein Weib von all dem nichts mitbekommen hatte. Sie schlief weiter – engelsgleich und herzallerliebst. So sind sie, die Frauen: Kaufen sich zügellos Arsenale von Schuhen zusammen, können nicht ordentlich einparken und im Ernstfall verschlafen sie den Weltuntergang.

Ich rüttelte sie erbarmungslos wach und schrie sie an, ob sie nicht auch nicht schlafen könne. Ob sie es nicht mitbekäme, dass unter uns tausend tasmanische Teufel tobten und die Apokalypse Rock'n Roll tanze. Und ich, ich Unschuldiger sei doch noch so hundemüde.

Ja, ob ich denn das Plakat unten im Restaurant nicht gesehen hätte, fragte meine Holde und drehte sich wohlig auf die andere Seite. Darauf hätte gestanden:»*Tonight in town: The Kiwi-Warriors – the hardest Moari-Rockband in the southern hemisphere meets Rugby*«. Wenn ich sowieso nicht pennen könne, solle ich mich doch einfach dazugesellen und mich am deftigen Liedgut und den Tätowierungen der einheimischen Musikanten erfreuen. Aber, erwiderte ich und stampfte wütend mit dem Fuß auf, ich wolle jetzt mitten in der Nacht keine ethnologischen Studien betreiben – Körper, Geist und Seele schrieen nach nichts anderem als *Ruhe* und süßem Schlaf!

Da richtete sich meine Privattherapeutin abrupt in ihrem Lager auf, schleuderte mir ein paar funkelnde Blicke entgegen und empfahl mir, hinunterzugehen und die Eingeborenen mit meinem lustigen Schulenglisch um Schalldruckminderung zu bitten.

Guter Rat und gar nicht mal so teuer, dachte ich und war schon an der Tür, als sie mir, wie ich fand, etwas zu sarkastisch hinterherrief, ich solle den Jungs sagen, ich käme aus dem Land von Hegel, Hölderlin und Handke, und sei es von daher nicht gewohnt, mir als angeblich willkommenem Gast das Trommelfell von außer Kontrolle geratenen Lärmbeuteln rauszublasen zu lassen.

Unsere Unterkunft war aus Holz gebaut, aus wertvollem Kauriholz; das komplette Hotel zählte zum Weltkulturerbe – das muss man sich mal vorstellen. Und darin flogen durch die wummernden Bässe einer losgelassenen Horde von Punkrockern die Nägel aus den Panelen, zerbröselte der Kitt in den Fensterrahmen. Die ganze Hütte ächzte und stöhnte.

Ich öffnete die Tür zum Veranstaltungssaal und erstarrte: Ein Trupp Maorikrieger mit freien, wuchtigen Oberkörpern, angetan mit Baströcken, Tätowierungen und martialischer Bemalung tanzten den *Huka,* den legendären Kriegstanz der neuseeländischen Ureinwohner. Mit aufgerissenen Augen, ausgestreckter Zunge, mit dem Speer in der Hand, bewegten sie sich ekstatisch auf mich zu und riefen: »*Ringa pakia! Uma tiraha!*«

Ich drückte mich an die Wand, während die Krieger auf mich zustampften, archaisch wie seit tausend Jahren, gnadenlos wie eine Planierraupe. Geistesgegenwärtig wechselte ich die Strategie: »Hello, Jungs, Superperformance, echt toll! But I am Mänfred from good old Germany. Sacht mal, könnt Ihr nich mal 'ne Idee leiser spielen? Ich bin gerade da oben am schlafen, sleeping, you know?«

Das Echo der Wilden: »*Turi whatia! Hope whai ake!*« verhieß nichts Gutes. Die Angelegenheit drohte aus dem Ruder zu laufen. Der Oberkrieger stand eine Handbreit vor mir, rollte mit den Augäpfeln und schlappte die Zunge raus: »*Ka mate, ka mate!*«»Jaja, ist gut, okay, allright« stammelte ich, »ich brauch nun mal meine neun Stunden Schlaf.«

Tief in mir drin brannte ein Krisenmanagementfeuerwerk ab: Sollte ich ihn im Stile der Eskimos begrüßen und meine Nase niedlich an seiner reiben oder dem Angreifer als Drohgebärde eine Visitenkarte meiner Rechtsschutzversicherung überreichen?

Ich hatte mich noch nicht entschieden, da schmetterte die Kampftruppe schon ein mächtiges »*Ka ora ka ora*« hinterher. Da gab ich mich dem »*City of Thames All Blacks Rugbyteam*« geschlagen und signalisierte mit zitternden Knien Demut und Aufgabe.

Dafür belohnten die Radaubrüder mich mit Gelächter, Schulterklopfen, Abklatschen und knackig-freundlichen Rippenstupsern. Ich wurde aufgefordert, zwei Paletten Steinlager-Dosenbier beizubringen, und dann haben wir mit nach und nach in die Verwahrlosung abgleitendem Sprachvermögen den deutsch-neuseeländischen Schulterschluss begossen und besiegelt. Mir wurden die extrem komplizierten Rugbyregeln erläutert, und zum Dank erzählte ich meinen neuen Freunden aufregende Geschichten aus meiner Heimat, berichtete über Kulturleistungen, die den Maoris respektvolles Kopfschütteln abnötigten: Dosenpfand, Gleichstellungsbeauftragtinnen, Nullkommafünf-Promille-Grenze, Rauchverbot, Antidiskriminierungsgesetz, Nationalparkbetretungsverbot, Solidaritätsabgabe und all die anderen Regeln, auf denen unsere Heimatliebe beruht und die mein Genosse im Geiste, Hans-Magnus Enzensberger, natürlich auch gemeint haben dürfte, als er seine neue Werteskala aufstellte.

Was mich ein wenig irritiert, ist nur dies: Ich bin in meinem Leben noch nie so bedauernd, so mitleidig angesehen worden wie von den wüst bemalten Tanz- und Kampfsporttalenten dort unten in Down Under...

Helden baden kalt

Seit Dezennien träume ich davon, zum Jahreswechsel einmal zu verreisen. Auf die Balearen, die Kanaren, wenn nicht sogar Richtung Australien, einfach nur weg! Aber es geht nicht. Es würde mir etwas fehlen. Nicht der festlich illuminierte Tannenbaum, weniger die engelssüße Musik allüberall und auch nicht der duftende Weihnachtsbraten in seiner kulinarischen Pracht. Nein, es ist die Sucht, am kruden Glück anderer teilzuhaben. Böswillige würden sagen, es ist die Schadenfreude, dabei zu sein, wenn andere ihre eigenen und womöglich im selben Schritt die Grenzen der Konvention überschreiten. Verstehen Sie? Ich kann meine geile Freude am selbstzerstörerischen Exhibitionismus anderer einfach nicht unterdrücken ...

Gestern hat es sich gezeigt, dass auf Sylt eine Klassengesellschaft existiert, wie sie härter und grausamer kaum vorstellbar ist, und zwar nirgendwo auf dem Globus, nicht mal in Weißrussland. Wieder einmal standen sich zwei Bevölkerungsgruppen unversöhnlich vis-à-vis, die einen offen und ehrlich bis auf die Haut, die anderen zugeknöpft bis obenhin.

Nein, ich spreche hier nicht von Ober-, Unter- und Mittelschicht, auch nicht über Prekariat und Manager, weder die Minderprivilegierten noch die Bussi-Bussi-Gesellschaft sind gemeint, nein, mein Thema ist das Weihnachtsbaden!

Da gibt es – das ist bei bedeutenden, gesellschaftlichen Ereignissen immer so – zwei Fraktionen: auf der einen Seite die harten, die stahlharten Helden und auf der anderen Seite die Weicheier, die Warmduscher, die Bei-Gefahr-Dackel-Hochheber. Wer welcher Gruppe angehörte, wurde selbst dem Außenstehenden schnell klar.

Die Helden, die Macher, die Treiber, die Entscheider, die saßen in den Katakomben der Kurverwaltung, in von kaltem Neonlicht umflackerten Umkleideräumen, die gekachelten Pathologien oder Schlachthäusern ähneln. Dort zerrten sie sich couragiert die Klamotten vom Leib.

Beim Abschied von ihren Familien hatten sich auf der Promenade herzzerreißende Szenen abgespielt. Auf der einen Seite Ehe-

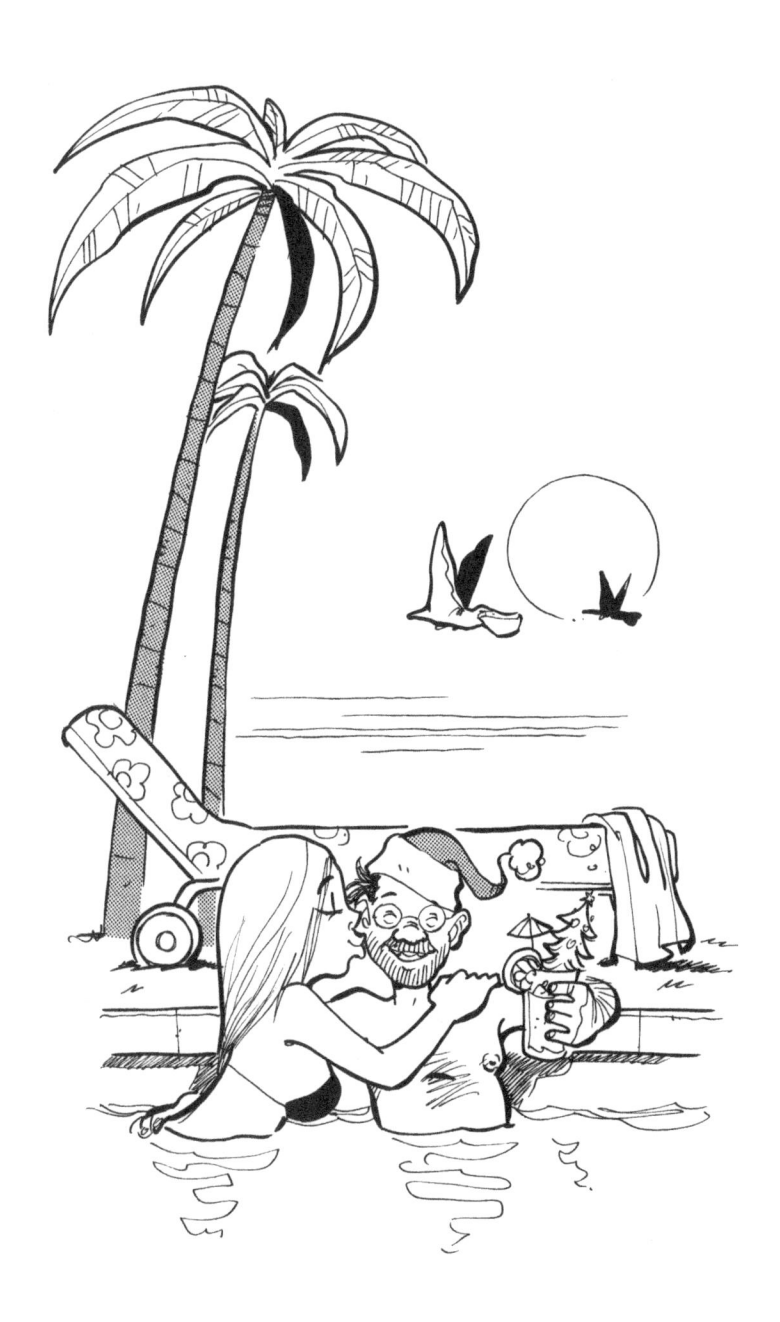

frauen und Kinder, die nicht loslassen können, die sich nicht fügen wollen, und auf der anderen Männer, die wissen, dass sie ihren Weg gehen müssen – geradeaus und unbeirrbar. Denn wenn ein Mann eine Entscheidung getroffen hat – in diesem Fall: Weihnachtsbaden statt Gänsebraten –, dann zieht er die auch durch bis zum bittersten Ende.

Ich habe sie mir angesehen, unsere tapferen, menschlichen Nordpolpinguine: Schwimmhäute zwischen den Zehen, der Kreislauf auf acht bis zehn Schläge pro Minute heruntergefahren, die Körpertemperatur schon vor dem ersten Unterduckern bei frischen 29 Grad. Seit September sind sie auf Kampfschwimmerdiät, nehmen ausschließlich Robbenleber, rohen Fisch und gegrillte Eisbärentatzen zu sich. Sie schliefen in der Tiefkühltruhe und die Tage begannen sie nicht mit einem kräftigen Brötchen-Eier-Schinken-Frühstück, sondern mit einer Meditation, das Antlitz Grönland zugewandt, Mantras vor sich her brummelnd.

Einige von ihnen wollten 2006 sogar auf das Winterbad in der Nordsee verzichten. Der Grund: Sie waren in Sorge, dass die durch frühlingshafte Temperaturen im November und Dezember ungewöhnlich hohen Wassertemperaturen ihrer Gesundheit abträglich sein könnten.

Diese Männer und Frauen nennen wir auf Sylt »unsere Eisheiligen«. Sie bringen ausnahmslos Kinder zur Welt, die hochbegabt sind und zu Olympiasiegern oder Nobelpreisträgern taugen. Eine Arztpraxis, ein Hospital haben sie noch nie von innen gesehen. Sie werden aufgrund ihrer stabilen, nicht zuletzt durchs Weihnachtsbaden gestählten Gesundheit alle über hundert Jahre alt und empfinden somit das Ausscheiden aus dem Arbeitsleben mit 67 als moderne Form der Frühverrentung.

Das Brauchtum des winterlichen Meeresschwimmens ist ja nicht nur eine Laune friesischer Spökenkieker, nein, es ist für uns Insulaner ein Stück Leitkultur geworden. Will ein Sylter eine Sylterin zur Frau nehmen, sollte er nicht nur ein oder zwei Hektar Grund und Boden vorweisen können und ein halbwegs ausgeglichenes Konto. Die lückenlose Teilnahme am Weihnachtsschwimmen gilt als Mannbarkeitsritus höchster Stufe, zumal die früher üblichen und beliebten Wirtshausprügeleien an Popularität und Bedeutung verloren haben. Und wer dann den mehrheitlich einheimischen Trupp der Nacktbader gen Flutkante watscheln sieht, dem wird schlagartig klar, warum dieser unser Sandknust nie von feindlichen Armeen okkupiert werden konnte. Wäre ich in vergangenen Jahrzehnten und Jahrhunderten eine französische Fregatte gewesen oder gar ein dänisches Kanonenboot und ein solcher Haufen Weißfleischsoldaten hätte sich mir am Ufer wild entschlossen entgegengestellt, ich hätte das Ruder entsetzt herumgerissen und wäre flugs hinter dem Horizont verschwunden.

Doch jetzt kommt's noch dicker: Diese Hardcore-Plantscherei soll auch noch akademische Weihen erfahren. Vom nächsten Wintersemester an kann sich der studentische Nachwuchs an der Uwe-Barschel-Universität in Kiel für Seminare im Fach »Grönland-Thalasso« einschreiben.

Einige der rund 800 auf Sylt zugelassenen Heilpraktiker bereiten einem neuen Trend den Weg, indem sie ihren Patienten »Eskimo-Ayurveda« offerieren. Dabei werden die beliebten Darmspülungen nicht mehr mittels lauwarmen Olivenöls verabreicht, sondern mit eckigen Eiswürfeln. Auch die Modeindustrie ist auf diesen Zug bereits aufgesprungen. So hat H&M jetzt Neoprenbikinis im Sortiment und der Otto-Versand bietet beheizbare Badeschlappen an.

Als ich seinerzeit noch am Weihnachtsbaden teilnahm, versäumte ich nie, meine Kreditkarte einzustecken (... oha, die Vokabel »einstecken« könnte in diesem Zusammenhang missverständlich sein). Meine Sorge jedenfalls bestand darin, dass ich zu weit hinausschwimmen und versehentlich irgendwo in England anlanden, beziehungsweise stranden würde.

Fassen wir zusammen: Fest steht, dass die Teilnehmer am Westerländer Weihnachtsbaden zur absoluten Elite der deutschen Gesellschaft zählen. Sie sind unsere GSG9, sind unsere Jesuiten, sind unser heutiger Adel.

Ihnen gegenüber steht der Rest, die fröstelnden, klappernden und schlaffen Massen. Sinken die Temperaturen unter zehn Grad, schlüpfen sie in ihre mit Lammfell gefütterten Winterstiefel, klemmen sich Gucci-Ohrwärmer über ihre Lauscherchen und machen sich mit Handwärmern, sogenannten »Taschenöfen«, lächerlich. Und in diesem Outfit stellen sie sich dann auf die Promenade und schauen sich das Drama namens »Weihnachtsbaden« an.

Einen dieser Sensationslüsternen fragte ich, ob der heroische Akt des winterlichen Bades ihn beeindrucke und seinen Blick auf die Natur womöglich verändere. Erstaunt fragte er zurück, ob ich mit »Natur« etwa diese Cellulitis-Leistungsshow da unten am Strand meinte. Als »Wunder der Natur« empfände er eher die knusprig gebratene Gänsekeule, die er gerade habe verspeisen dürfen. Nein, so fuhr er fort, das, was sich unten am Strand abspiele, sei doch wohl der Sieg der Schwerkraft über das Bindegewebe, die Verkreisung des Quadrats, Körperwelten auf Betriebsausflug.

Nun sollte man den Einlassungen dieses Zeitgenossen kein allzu großes Gewicht beimessen, denn auf Nachfrage stellte sich heraus, dass sein eigener Lebensentwurf an allen Ecken und Kanten schwächelte und quietschte. Er behauptete, Sport zu treiben und meinte damit – Achtung! – er spiele Golf. Ausgerechnet Golf, dieser lächerlich infantile Zeitvertreib, bei dem in karierte Hosen geschossene Grobmotoriker per Metall- oder Holzschläger Grassoden aus Heidelandschaften prügeln, kurz fluchen und ihren Caddy zum nächsten Grün weiterrollen.

Ferner beschäftige er sich intensiv mit asiatischen Lebensweisheiten. Als er mein Erstaunen bemerkte, fügte er rasch hinzu, dass die Weisheiten Asiens sich bei ihm vor allem in einer hochgerüsteten Sony-Home-Entertainment-Anlage materialisiert hätten. Er habe, so berichtete der gute Mann leuchtenden Auges, gestern erst eine CD mit Wagners Tannhäuser reingedrückt und den Lautstärkeregler bis zum Anschlag hochgeschoben. Es sei grandios gewesen, die Vibrationen hätten bei ihm die Schwerkraft ausgeschaltet, er sei definitiv durch den Raum geschwebt, »ungelogen«.

Zum Glück kriegte er sich dann aber wieder ein und erklärte lässig, er selbst sei im vergangenen Jahr am zweiten Weihnachtstag sogar über eine halbe Stunde im Wasser geblieben, was Rekord bedeutet hätte. Auf bohrende Nachfragen und unter Androhung, ihn in der örtlichen Polizeidienststelle an einen Lügendetektor anzuschließen, gab er dann kleinlaut zu, dass sein Weihnachtsbaden auf den Malediven stattgefunden hatte – bei freundlichen 28 Grad Wassertemperatur.

Wir dürfen eben von Menschen nichts Konstruktives erwarten, die sich bei Plusgraden am Glühweinglas festklammern – ausgerechnet am Glühwein, diesem nordischen Folklorepunsch, der die Feiertage regelmäßig in Schieflage bringt. Da wird in Hinterzimmern Tütenrotwein übelster Qualität per Tauchsieder, Rübenzucker und Chemiebaukasten zu einem dunkelroten Gebräu verschnitten, das ausreichen würde, ganze Heerscharen in den Kopf- und Weltschmerz zu treiben. Würde der Glühwein gesellschaftlich geächtet, womöglich sogar verboten, die statistische Lebenserwartung allein der Sylter würde garantiert um fünf, sechs Jahre in die Höhe schnellen...

Leitkultur Lebensart

Wenn ich morgens beim Frühstück die Butter nur noch ganz dünn aufs Brot streichen würde, so dass die Brotstruktur noch zu erkennen ist, oder wenn ich das Brot einfach dünner schnitte, dazu womöglich eine Scheibe weniger, oder noch besser: wenn ich länger schliefe und das Frühstück völlig ausfallen ließe, dann müsste es mir, verflucht nochmal, doch gelingen, mich meinem Idealgewicht wieder zu nähern. Die Bemühungen, Gewichtsreduktion durch Yoga oder mentale Kniebeugen zu erzielen, haben, obwohl ich mich dabei sehr konzentriert habe, das erwünschte Ergebnis letztlich nicht erbracht. Fettverbrennung durch Gedankenjogging ist gleichfalls unendlich schwierig. Aber das herkömmliche Joggen ist noch viel schwerer. Da schmerzen die Knie hinterher noch tagelang und der Frühsportler flüchtet, um Kompensation zu finden, in ein zweites, opulentes Frühstück. Morgen werde ich mal meine Körpergröße überprüfen. Vielleicht liegt dem angeblichen Übergewicht ein Messfehler zugrunde. Wäre ich nur acht Zentimeter länger, hätte ich Idealgewicht. Genau, daran wird's liegen. Prima – und wo stand nun nochmal die Butterdose?

Der Jahreswechsel ist für mich eine Periode der Besinnung. Dann muss alles, aber wirklich alles auf den Prüfstand. Zum Beispiel der Fernsehapparat. Brauche ich diese Kiste überhaupt? Was tue ich mir da eigentlich an? Stiehlt der mir unterm Strich nicht nur wertvolle Lebenszeit? Zwanzig Kanäle Unterschichtprogramme, und ich hänge davor mit der Fernbedienung in der Hand, und am Ende des Tages schwirrt mir der Schädel.

Fernsehen hilft nicht bei Problemlösungen. Die zentralen Fragen des Lebens muss jeder für sich selbst beantworten. Gibt es einen Gott? Oder gar mehrere? Und wenn nicht, was dann? Ist das All unendlich? Sind wir im Universum der Mittelpunkt oder nur ein Staubkorn? Wird Bayern Meister, steigt der HSV ab und wann kostet Benzin endlich mehr als zwofuffzich pro Liter?

Das ist nur ein kleiner Auszug aus dem Katalog, den ich in der Silvesternacht durchgearbeitet habe. Selbstverständlich wurden diese und alle anderen Fragen erschöpfend beantwortet, zugegeben, mit Hilfe meiner Frau. Wir debattierten kontrovers und mit erstaunlichem Tiefgang. So kamen wir auch zu erstklassigen Ergebnissen. Nur bezüglich des HSV-Problems fiel uns kein Königsweg ein. Was sich bei dem Verein abspielt, ist einfach zu komplex.

Um Mitternacht habe ich mir ein Gläschen Mineralwasser eingeschenkt. Von Champagner bekomme ich immer Sodbrennen. Beim

Anstoßen aufstoßen, das ist nicht die Lebensart, nicht der Stil, den ich gutheiße und bevorzuge.

Ich hätte natürlich mit Bier anstoßen können, denn Bier ist nach Hohes C und deutlich vor Rotwein das gesündeste und vor allem das ehrlichste Getränk. Im Segelverein wissen das alle. Dabei trinken Segler Bier grundsätzlich aus der Flasche. Der Grund: Eine Flasche Bier können wir, wenn wir plötzlich ein Ausweichmanöver fahren oder eine über Bord gespülte Person aus dem Wasser fischen müssen, schnell in die Jackentasche stecken und dann nachher weitertrinken. Das ist praktischer als mit einem Glas Bier.

Aber da die Wahrscheinlichkeit, in der Silvesternacht komplizierte Segelmanöver in meinem Wohnzimmer bewerkstelligen zu müssen, sehr gering ist, hätte ich meiner Frau schlecht verklickern können, warum ich ihren kristallenen Champagnerkelch um Mitternacht mit einer Flensbuddel touchieren wollte.

Ich hatte mich für den Jahreswechsel natürlich fein gemacht, ich hatte mir edles Tuch angezogen, bin quasi bis an die Grenzen meiner bekleidungstechnischen Möglichkeiten gegangen. Ja, Verhaltensstandards sollen eingehalten, Rituale müssen gepflegt werden. Wenn meine Generation schon keine Leitkultur mehr pflegt, ja bitteschön, wer dann?

Der Fernseher blieb aus, das Radio plärrte nicht, nur das angenehme Ticken der antiquarischen Standuhr teilte uns die Zeit mit und begleitete uns hin zum Jahreswechsel. Wie wunderbar, dass es solche schönen Dinge noch gibt.

Und als das neue Jahr aufgeregt in die stürmische Nacht hineintänzelte, legte ich eine alte Vinylscheibe mit Richard-Strauss-Melodien auf den Teller des Plattenspielers, buhlte um die Gunst meines Weibes, und mit Grandezza drehten wir uns in das jungfräuliche Jahr. Wobei der Walzer in Baumwollsocken mit hohem Acrylanteil auf einem hochflorigen, neuseeländischen Schurwollteppich das Niveau des Wiener Opernballs allerdings knapp verfehlte.

Wahre Kultur, verhaltensadelig ist unser Benehmen immer dann, wenn wir Werte leben, auch wenn wir alleine sind und uns unbeobachtet wähnen. Bin ich in einem Raume, nur so für mich, und eine Laune der Natur schlendert über meine Nasenschleimhäute und zwingt mich zum Niesen, so geschieht das mit einer Vornehmheit, als würde die Königin von England mich gerade zum Tee besuchen. Das wäre ich ihr schuldig, das bin ich mir wert.

Sind die Umstände so, dass ich mein Mittagsmahl allein und bei mir zu Hause einnehmen muss, so geschieht dies ungemein stilvoll: Ein handgebügeltes Set, ein Platzteller sowie eine Stoffserviette werden vom silbernen Besteck eingerahmt. Ein frischer Salat ist Pflicht, und die Speisen sind sorgfältig mit wertvollen Ingredienzien der Region zubereitet. Dass dabei das Handy abgestellt und das Radio nicht eingeschaltet wird, bedarf wohl keiner besonderen Erwähnung. Gleiches gilt natürlich für den Hauptakt, sich das Mittagsmahl zuzuführen. Sollten die Sinne dabei einmal über alle Maßen heiter gestimmt sein, dann sei mozartiges Piano erlaubt, aber bitte: piano, piano!

Kirchen- und religionsfern aufgewachsenen Menschen sei angeraten, statt eines Tischgebetes für einen Augenblick in innerer Einkehr zu verharren und das Glücksgefühl warmer Demut zu verspüren, weil auch dieser Tag wieder seine Vollendung durch ein köstliches Mahl erfährt.

Die Unsitte, Speisen mit Flüssigkeiten hinunterzuspülen, lehne ich rundheraus ab, versteht sich. Ist ein Gang beendet und das Feuerwerk unserer Geschmacksknospen ermattet, erst dann ist der Griff zum Glase erlaubt, und wir frönen der Künste des Braumeisters oder Kelterers. Denn ein Schluck aus dem Weinkelch krönt das Mahl – zweitausend Jahre Weinanbaukultur sollen auch an unserem Tisch Platz haben.

Optimal ist es, seinen Tagesablauf oder sein Leben so zu organisieren, dass man zusammen mit seinem Partner oder gar der ganzen Familie speist. Kommt die Brut des Mittags aus der Schule, träge und mattäugig durch im Übermaß einverleibte Fast-Food-Teile und verschwindet sogleich im Kinderzimmer, um sich mit dem Konsum von Gewaltvideos der eigenen Menschwerdung entgegenzustellen, kann sich das Prekariat absehbar über Zuwachs freuen.

Lob gebührt Mutter und Vater, wenn sie mit duftenden Köstlichkeiten aus Keller und Küche in den Kinderaugen das Leuchten anknipsen. Und wenn sie dann alle in fröhlicher Runde am Tische sitzen und sich voller Genusserwartung die Delikatessen auf die Teller schaufeln, dann spürt das Familienoberhaupt, also ich, Glück und eine verheißungsvolle Zukunft durchs Haus rauschen.

Hochkultur und wahre Kunst bedeutet es, bei Tische das geistreiche Gespräch zu pflegen. Wichtig ist dabei schon die Auswahl der Themen. Hilfreich ist es, wenn die FAZ oder die Süddeutsche Zeitung den kommunizierenden Personen nicht ganz unbekannt sind. Sollte zwischen den Gängen jedoch die Parallelwelt des Fernsehens das Gespräch dominieren, ist zu hoffen, dass Arte, Phoenix oder wenigstens 3Sat gemeint sind. Sitzen Kinder dabei, birgt jedes Gespräch gleichzeitig einen Bildungsauftrag. Es sollte sich also nicht in Hektik oder unangemessener Lautstärke verlieren. Die Gesprächsführung obliegt, das hat Eva Herman völlig richtig erkannt, dem Manne im Haus. Ihm allein hat die Natur die Aufgabe zugewiesen, die restlichen Familienmitglieder zu fordern und zu fördern.

Regel eins ist: Nie mit vollem Munde reden! Sollten Kinder in ihrem Ungestüm wiederholt gegen diese Vorschrift verstoßen, darf schon mal die Zwangseinweisung in ein Rudolf-Steiner-Internat angedroht werden. Das zieht immer.

Dem Manne als Familienoberhaupt steht es natürlich zu, die Konversation sofort und abrupt zu unterbrechen, wenn zuviel krauses Zeug dahergeredet wird. Im diesem Falle darf er sogar Anordnungen mit vollem Mund erteilen. Wenn dabei einige Lammfiletfasern, Tofubrocken oder in Trüffelsoße getunkte Nudeln auf den Brillen und der Stirn der ihm gegenübersitzenden Personen landen, gilt das nach dem Leitfaden des aktuellen Knigge, der Bibel des guten Benehmens, als Kollateralschaden im heiligen Krieg gegen grottenschlechte Tischsitten.

Kosmische Gedanken – hellwach

Das muss ich einfach hinnehmen, das ist so, da kann ich nix gegen machen: Ich wache jeden Morgen um 4 Uhr 32 auf – fast jeden Morgen. So bin ich programmiert. Da hat sich der liebe Gott, als er die Platinen für mein Stammhirn zusammengelötet hat, einen kleinen Spaß erlaubt. Oder das ist noch ein Folgeschaden meiner aufregenden Eisenbahner-Karriere? Da wurde ich des Öfteren um halb fünf Uhr morgens aus dem Bett gescheppert. Und nun liege ich hier und bin hellwach. Wacher geht gar nicht. Sämtliche Schlafhormone schon aufgebraucht – und noch jede Menge Nacht übrig ...

Ich denke dann immer nach über mich und über alle anderen um mich herum. Und wir sind mittlerweile ja schon sehr viele. Über sechs Milliarden Menschen! Aber ich schaff das. Meine Gedanken sind kristallklar. Die perlen nur so dahin. Dann denke ich oft, ich bin der Einzige, der jetzt denkt und ich spüre auch die Verantwortung: Jetzt bloß nichts Verkehrtes denken!

Manchmal stehe ich dann auf und schaue zum Fenster hinaus. Draußen ist nix los, niemand zu sehen von den sechs Milliarden Artgenossen. Einmal habe ich gedacht, dass die Erde gar keine Kugel ist, sondern eine Scheibe. Denn das bisschen Erdkrümmung da draußen reicht doch gar nicht für eine Kugel! Solche Gedanken fallen mir nicht schwer. Dafür muss ich mich nicht einmal anstrengen.

Richtig Arbeit ist es immer dann, wenn ich darüber nachdenke, ob es ein Leben nach dem Tod gibt. Darauf finde ich keine klare Antwort. Ist Hally Gally im Elysium, sitzen Oma und Opa da oben auf 'ner Wolke und warten auf André Rieu, Eva Herman und Florian Silbereisen oder wird unseren Vorfahren tief drunten im Höllenpfuhl katholisch eingeheizt?

Fragen über Fragen. Ich spüre förmlich, wie meine Gedanken durch die Stirnlappen quietschen.

Einmal habe ich gelesen, dass die gesamte Materie des Weltalls ursprünglich so groß war wie eine Haselnuss. Oder wie eine Walnuss. Unvorstellbar. Also, wie eine Kokosnuss, das könnte ich mir gut vorstellen. Da ist ja deutlich mehr Platz drin. Aber wie eine Haselnuss? Das glaube ich nicht. Und das ist alles so lange her, da gab es noch gar keine Haselnüsse. In solch einem Augenblick behaucht

dann ein Lächeln mein Gesicht. Geist und Erkenntnis vereinen sich in mir. Punkt. Der Gedanke ist zu Ende gedacht und ich weiß Bescheid.

Es gibt Philosophen und seriöse Wissenschaftler, die behaupten, dass eine Parallelwelt existiere, in der spiegelbildlich das gleiche passiert wie bei uns. Mir das vorzustellen, fällt nicht schwer. Und jetzt, wo ich das denke, fühle ich mich auch nicht mehr so allein: Irgendwo da draußen, da oben steht noch so ein armes Schwein an seinem Parallelfenster und guckt raus. Da drängt sich mir gleich der Gedanke auf, ob unsere Parallelwelt wohl aus derselben Nuss herausgeknallt ist wie unsere. Dann müsste es in der Nuss aber richtig eng gewesen sein. Solche angedachten Sachen, die lege ich dann erst einmal zur Seite. Quasi auf Wiedervorlage.

Die US-Amerikaner haben vor zehn Jahren eine Sonde ins All geschickt. Diese Sonde ist jetzt zurückgekehrt, nach vier Milliarden Kilometer hat sie die Erde wiedergefunden und ist sanft gelandet. Wie ist so etwas möglich? Dass so etwas funktioniert! Mir fällt es schon schwer, morgens um 4 Uhr 32 durch meine dunkle Wohnung zu tapern, ohne gegen den Türrahmen zu knallen, und die Amis ellipsen ihre Sonde durchs All und bringen sie punktgenau nach Hause. Haben sie die besseren Eliten? Warum können wir das nicht? Wir haben doch auch Eliten: Christof Schlingensief, Günter von Hagen, Hella von Sinnen oder Sigmar Gabriel. Und im Paralleluniversum gibt es die dann alle noch einmal. Unvorstellbar.

Unstrittig in der Denkerszene ist, dass unser All auseinanderstrebt, dass es sich seit dem Urknall wie ein Feuerwerkskörper explosionsartig in die Unendlichkeit ausbreitet. Die gedankliche und kopfbildliche Umsetzung dieser Hypothese ist für mich kein Problem. Irgendwann soll der kosmische Schwung nach außen erschlaffen, die gesamte Materie – also auch wir und die spiegelverdrehten Eliten – werden kurzzeitig zum Stillstand kommen und dann alles – immer schneller werdend – wieder zum alten Mittelpunkt in der Kokosnuss zusammenrauschen.

Superidee, tolle Inszenierung, wahrscheinlich von Schlingensief. Meine Urangst ist nun, das habe ich durch jahrelange Selbstbeobachtung herausgefunden, dass ich diesen Zeitpunkt irgendwie verpasse, wahrscheinlich verschlafe.

Von diesem Augenblick an soll auch die Zeit ja wieder rückwärts laufen. Überlegt doch mal: Alles passiert noch einmal – nur rückwärts: Gestern ist dann morgen, die D-Mark kommt zurück, das Wembley-Tor wird korrigiert, die Beatles und der King of Rock 'n' Roll begleiten uns ein Stück, irgendwer will 'nen Cowboy als Mann, mit achtzehn müssen wir den Führerschein wieder abgeben, ich fahr dann mit 'nem Moped zur Milchbar und zwei, drei Jahre später ist Schluss mit poppen und saufen, dann sausen wir durchs Strudelbad der Pubertät, es riecht kurz nach Brausepulver, saurer Milch und Penatencreme und – tschüss!

Ich stehe da wie ein Nachtgespenst und schaue durch mein Fenster hinaus ins All. Draußen ist es totenstill. Die Stille brummt in meinen Ohren. Man spürt förmlich, wie der Stillstand sich zum Rückschritt wandelt. Was vorhin war, passiert noch einmal – gerade eben ist jetzt gleich.

Ich nehme meine Zeitung – die von gestern – und gehe rückwärts zum Briefkasten und stecke sie dort ein. Sie wird – das ist jetzt wohl so – gleich abgeholt ...

Genuss in vollen Zügen

Früher fuhr ich wirklich gern mit dem Zug. In Waggons bin ich gleichsam groß geworden. Hatte ich ein Ziel, das zu Fuß oder mit dem Fahrrad nicht zu erreichen gewesen wäre, habe ich mir ein Ticket für die Bundesbahn gekauft. Egal ob zu den Großeltern oder zur Großdemo, ich nahm die Eisenbahn. Heroen wie Mick Jagger, Uwe Seeler und Willy Brandt konnte ich nur live erleben, weil die Bahn mich an jene Orte transportierte, wo diese Kanonen auftraten. Ein Butterbrot, eine Banane und ein Tetrapack Apfelsaft reichten als Proviant für 250 Kilometer. Und zuweilen sogar für viel, viel weiter. Kaum hatte ich mein Abteil gefunden, erfasste mich ein Gefühl der Schwerelosigkeit. Der Zug sauste dahin, die Telegraphenleitungen tanzten vor den Fenstern Samba, und wenn ich versonnen in die Kloschüssel schaute, konnte ich die Schwellen des Gleiskörpers vorbeifliegen sehen. So romantisch war Bahnfahren früher ...

Morgens um sechs im Münchener Hauptbahnhof nach einer neunstündigen Nachtfahrt aus dem Liegewagen zu klettern, übermüdet und gerädert, und dann durch den matschigen Schnee kurzerhand zum Starnberger Bahnhof zu schlurfen, welch ferne Wunderwelt war das damals. Heute muss es schon Neuseeland sein, damit es prickelt, aber dorthin fährt die Bahn ja unverständlicher Weise nicht.

Trotz solcher Defizite nehme ich noch immer häufig den Zug. Jedenfalls wenn es unumgänglich ist. Ich schätze es überaus, dass bei einer Fahrt mit der Eisenbahn unweigerlich menschliche Nähe entsteht – zu anderen, wildfremden Personen, die ich nicht kenne und die ich im Prinzip auch gar nicht kennenlernen will.

Okay, akzeptiert, die haben bestimmt alle einen erstklassigen Charakter und eine Mutter, von der sie geliebt werden. Und viele von ihnen können sicher auf Begabungen pochen, die mir komplett fehlen. Vielleicht singen sie im Kirchenchor, piepsen auf Kleinkunstbühnen als Vogelstimmenimitatoren, sind imstande Wärmflaschen aufzublasen, bis sie platzen, oder haben eine großzügige Patenschaft übernommen für einen kleinen, peruanischen Fratz.

Ich mag Menschen, die sich humanitär einsetzen. Andererseits mag ich es nicht, wenn sie im Eilzug von Hamburg-Dammtor nach Elmshorn so dicht an mich heranrücken, dass ich ihre Körperwärme spüre und den Schleim in ihrem Bronchialtrakt flattern höre, wenn sie einatmen. Diesen Personen geht das Gefühl für eine angemessene Distanz ab. Respekt lebt auch von einem gehörigen Abstand. Für wärmende Nähe ist schließlich die Familie zuständig und nicht der Mitreisende im Zug nach Elmshorn.

Einmal legte ich per Bahn die nicht allzu lange Strecke von Bad Oldesloe nach Bad Segeberg zurück. Es war an einem Freitagnachmittag Mitte Dezember, die Bahn rappelvoll. Draußen Lichtermeere, Schneegestöber, Minusgrade.

Rechts neben mir eine korpulente und mehrschichtig gegen das Winterwetter verpackte Frau, die offensichtlich einem EU-Beitrittskandidatenland entstammte – aus der Gegend, wo Orient und Okzident aufeinanderprallen. Der Umfang ihres Einkaufs deutete darauf hin, dass sie mit ihrer Familie die Demographieprobleme unserer Gesellschaft im Alleingang lösen wollte.

Ihr gegenüber hockte ein Mann, der seine Rotgesichtigkeit nicht ererbt, sondern erworben hatte. Das war schon daran abzulesen, dass er sich während der nicht mal einstündigen Reise drei Kannen Bier reinzog. Erstaunt beobachtete ich, dass die für die Druckbetankung erforderlichen Schluckbewegungen seines Halsknorpels – vulgo Adamsapfel – gar nicht mehr stattfanden. Die hatte er sich erfolgreich wegtrainiert. Er ließ die leckere Flüssigkeit einfach nur durchlaufen. Was Menschen nicht alles fertigbringen, wenn sie nur lange genug üben.

Mir gegenüber wuchtete sich ein Mannsbild auf den letzten freien Platz. Rein körpersprachlich sandte der Bursche dabei sämtliche Alphatiersignale aus, die unserer Gattung zu Gebote stehen. Mit einer schwungvollen Bewegung verfrachtete er seine Reisetasche ins Gepäcknetz, strich die trottellose Pudelmütze vom Kopf und schüttelte sie, dass die Schneereste durch den Waggon spritzten. Dann entwand er sich seines Schales mit einer eher unmännlichen Oberkörperdrehbewegung, ungefähr wie eine Varietekünstlerin, die sich eine Boa Constracta vom Leib schält.

Nachdem er das Halstuch in der Hutablage verstaut hatte, ließ er sich mit einem hingestöhnten »Ach jaaa« in den Sitz fallen, um gleich danach wieder aufzuspringen und sich seiner Jacke zu entledigen. Dann setzte er sich erneut hin und verschaffte seinen Gräten Platz in dem nicht sehr üppigen Beinraum unseres Viererabteils.

Es war jetzt so eng, dass die Atmung allseits flacher wurde, kleine Schweißperlen sich an der Nasenwurzel bildeten und ich mir nicht nur die Frage stellte: »Was mache ich hier eigentlich?«, sondern auch: »Wer bin ich? Wo komme ich her? Und wo will ich überhaupt hin?«

Der Tatendrang meines Gegenüber jedoch war ungebrochen. Er zog eine Laptoptasche auf seine Knie, zerrte den Reißverschluss auf und öffnete das Notebook. Während das Programm hochfuhr, starte er gelangweilt auf seine Fingernägel, und als sein rechteckiger Kniewärmer »Dingeling« sagte, knipste er wie auf Kommando einen intelligenten Gesichtsausdruck an.

Ein »intelligentes Gesicht« ziehen, das ist gar nicht so einfach. Nur wenige beherrschen die Technik, Helmut Schmidt ist eines dieser raren Talente und vielleicht noch Maybrit Illner. Umgekehrt lassen sich leichter Beispiele finden. Wer sich in seinem Bemühen gescheit dreinzuschauen an Karl Dall, Guido Westerwelle oder Paris Hilton orientiert, hat schon verloren. Als Faustregel gilt zudem: Der Gesichtsausdruck beim Liebesakt steht im krassen Kontrast zur angestrebten Optik.

Doch zurück zu dem Mitreisenden mit Mobilcomputer. Seine Fingerchen tanzten mittlerweile virtuos über die Tastatur. Doch die Schreiberei wurde immer wieder von Denkpausen unterbrochen, während derer er am Ohrläppchen fummelte, an den Fingernägeln pulte, sich am Hals kratzte. Anscheinend zermarterte er sich dabei das Hirn. Der Unterkiefer mahlte, die Schläfenadern traten hervor und pochten, sein Gehirn veranstaltete ein Feuerwerk und die Augen weiteten sich zur Größe von Satellitenschüsseln.

Mir persönlich würde so etwas übrigens nie passieren. Ich empfinde öffentliche Grübelei als unpassend, als gemeinen Fauxpas. Nachdenken ist ein ausgesprochen privater Vorgang, intim, manchmal sogar obszön, vergleichbar einem Aufenthalt am FKK-Strand mit einem Body-Maß-Index von über 28. Ich meine, man sollte ja auch keinen Doppel-Big-Mac verzehren und dabei vollmundig reden. Solche Dinge tut man einfach nicht. Da wankt und schwankt mein filigranes, ästhetisches Empfinden. Abzulehnen ist auch das Schachspielen auf Promenaden oder in öffentlichen Grünanlagen: Da sitzen zwei und haben ein Problem, quälen sich ohne Not, verrollen die Augen, verspannen die Nackenmuskulatur und nagen schamlos an ihren Fingernägeln. So etwas ist doch ekelhaft, echt.

Meinem Gegenüber jedoch war das egal. Er hatte sich ganz in sein Inneres zurückgezogen, hatte sich aus unserer tristen, engen, feuchtwarmen, langweiligen Welt verabschiedet. Nun sauste er quer durch seinen digitalen Kosmos, kreierte kluge Sätze, unwiderlegbare Thesen, überzeugende Argumente, während wir, seine auf »stand by« geschalteten Mitreisenden, von einer lärmenden Diesellok durch die kalte Heimat gezogen wurden.

Sein Sitznachbar, der Biersauger, drehte einmal nur kurz die Augen nach rechts und überflog den Bildschirm. Augenscheinlich überfordert von dem Spiel der Bits und Bytes, schlaffte er in die Grundstellung zurück und übergab der Leber wieder das Regime über seine Existenz.

Ganz anders erging es mir, so langsam erwachte meine Neugier: Was schreibt der denn da? Ist das wichtig? Will der Kerl die Welt verändern oder nur ein bisschen angeben?

Ich schaute ihn mir genauer an. Der Mann wirkte wie ein aufgeklapptes Buch, wie ein Schaufenster. Über einem drolligen Pullover mit Schneekristallmotiven trug er eine hellbraune Lederweste. Klare Sache: Er wollte uns signalisieren, dass er nordisch-skandinavisch orientiert war, sich prinzipiell dem Mainstream verweigerte und sich im Sommer lieber am Polarkreis von Killermücken traktieren ließ, als sich auf den Kanaren eine Lederhaut brennen zu lassen.

An der Weste waren zwei Sticker befestigt. Einer davon, praktisch der Superkracher, eine DGB-Nadel. Aha, so lief das hier: ein Gewerkschaftsfuzzi auf Missionsreise. Sofort waren mir einige Zusammenhänge klar: In seiner Tasche oben im Gepäcknetz versteckte er sicherlich Tausende von Trillerpfeifen und Dutzende dieser aparten, quietschorangenen Plastikwesten mit dem Aufdruck: *Wir streiken*. So sind sie, die Genossen: Immer konspirativ unterwegs und das träge Volk aufwiegeln.

Weitere Ableitungen fielen nunmehr leicht. Der Opponent werkelte gewiss an Flugblatttexten, an Aufrufen, die Arbeit niederzulegen. Wollte er womöglich sogar zum Generalstreik auffordern? Oder entwickelte er lediglich moderne Strategien gegen den Mitgliederschwund. Sicher kannte er auch Ursula Engelen-Kefer. Vielleicht schrieb er ihr gerade eine kollegial-verschwörerische Epistel: *»Liebe Kollegin Ursula, du, ich habe dich am Sonntag bei der Christiansen im Fernsehen gesehen. Du warst mal wieder super. Die anderen kamen ja kaum zu Wort. So lässt man den Klassenfeind alt aussehen. Vorbildlich, Genossin Ursula.«*

Zugegeben, alles Vermutungen. Ich konnte ja von seinem Bildschirm nur die dunkelgraue Rückfront sehen. Aber mitunter gelang es mir, in seinen Brillengläsern das gespiegelte Layout des Bildschirms zu erspähen. Hatte ich's mir doch gedacht: Textverarbeitung.

Schräg hinter ihm auf der anderen Seite des Mittelgangs saß ein neugieriger Schnösel, der Stielaugen machte und den Text frech mitlas. Seine Pupillen wanderten hin und her, tasteten die Zeilen ab. Dann grinste er feist und schüttelte den Kopf. Bald sollte er in seiner sittenlosen Spionage jedoch empfindlich gestört werden.

Denn einige Stationen später begannen sich die Fahrgäste im Mittelgang zu ballen, was wiederum dazu führte, dass unser Arbeiterführer seine Beinstellung korrigieren musste und er mit seiner Kniescheibe die meine berührte, ja, ich spürte seine Knorpel knarzen und seine Menisken mäandern. Hals und Schädel lugten aus dem Norweger-Pullover hervor wie ein Schildkrötenkopf aus dem Panzer. Ein aktueller Transpirationsschub übertönte seinen männlich-herben Rasierwasserduft.

Ob er gerade ein eher privates Post Scriptum unter sein Pamphlet hackte? So ungefähr: »*Ach Ursula, gern denke ich an den letzten Gewerkschaftsball zurück und an unseren gemeinsamen Tanz frühmorgens um zwei. Es war ein Ententanz. Ich erbebe bei dem Gedanken an deine erotischen Armbewegungen. Ursula, du bist ja ein weiblicher Kobold!*«

Erst jetzt erblickte ich den zweiten Sticker am Revers: Eine Aids-Schleife. Vorbildlich, dachte ich, der Mann ist sich seiner Verantwortung der Gesellschaft gegenüber bewusst. Vielleicht ist er auch gar kein Gewerkschaftsfunktionär, sondern ein Streetworker, aktiv an den Brennpunkten unserer Gesellschaft, an den Rändern, da wo's bröckelt, bei denen, die nicht allein zurechtkommen und ihre brodelnde Sexualität ungeschützt ausleben.

Und in seiner Tasche hat er womöglich keine Trillerpfeifen, sondern Kondome, die er in Schulen verteilt und deren korrekte Anwendung er an einem stabilen, hyperrealistischen Holzmodell vorführt, womöglich assistiert von einer supertollen Drag-Queen. Das alles natürlich mit der gebotenen Ernsthaftigkeit.

Inzwischen hatte sich bei unserem Streetworker anscheinend Durst eingestellt. Schon leicht dehydriert, entfummelte er der Tasche, die von mir, das zeigte sich nun, doch etwas voreilig als Trillerpfeifen- beziehungsweise Kondom-Tasche stigmatisiert worden war, eine schnöde Thermosflasche, öffnete sie und kippte sich freudig einen Tee in den Trinkdeckel. Ich schnüffelte kurz 'rüber und zog verächtlich die Mundwinkel herunter: Früchtetee. Bäh, ein Zeltheizer, ein Fußföhner, ein Eierlikör-Alkoholiker! Der wohnt bestimmt noch bei seiner Mutter. Und gleich der nächste Schock: Beim Trinken spreizte er den kleinen Finger ab. Ja, aber Hallo! War das hier ein Tuntenball? Befand ich mich auf dem Christopher-Street-Day?

Am Ende rülpste er leise und mit verdrehten Augen, schraubte den Trinkdeckel sorgfältig auf den Flaschenkorpus, entnahm seiner Westentasche ein gefaltetes, frisch gewaschenes Stofftaschentuch und tupfte sich damit pfleglich den Mund ab.

Kompliment! Das hatte Stil. Ein Stofftaschentuch, mit Monogramm sogar, und vermutlich von seiner Mutter gebügelt, die ihm jeden Morgen ein frisches neben die gefüllte Thermoskanne legte. Vielleicht, überlegte ich, hofft die Gute auf eine Schwiegertochter und erwartet, dass ihr Sohn das Tüchlein nutzt, um der dereinst Erwählten nach einem erfolgreichen Heiratsantrag die Freudentränen abzutupfen.

Als er kurz darauf seine Brieftasche öffnete, wohl um irgendwelche Daten für seinen Text zu eruieren, erspähte ich eine ADAC-Mitgliedskarte. Interessant, eine Prise Bürgerlichkeit gepaart mit rabiaten Klassenkampfmethoden. Morgens vor Fabriktoren Streikbrecher verprügeln und sich auf dem Nachhauseweg von den gelben Engeln die Zündkerzen putzen lassen – so haben wir es gern.

Plötzlich blieb sein Blick an mir kleben. Dabei schaute er nicht wie bisher durch mich hindurch, sondern er schaute mich direkt an. Seine Augen hatten die Brennweite verkürzt, ich befand mich in seinem Fokus. Er dachte nach, begann zu lächeln, holte seine Tasche hervor und wühlte darin herum. Herrjeh, erschrak ich, will er mich in seine Gewerkschaft locken oder bekomme ich jetzt eine Familienpackung Pariser überreicht?

Nichts dergleichen. Er richtete sich leicht auf, reichte mir ein Buch, das mir nicht fremd war, und fragte mich:»Tschuldigung, ist das von ihnen? Sind sie das da hinten drauf?«

Ich nickte mit dem Kopf, und daraufhin bat er mich, etwas »Nettes« hineinzuschreiben. Er hätte es heute gekauft und wolle es seiner Frau zur Goldenen Hochzeit schenken.

Ach, Leute, was soll ich Euch sagen: Er ist Pastor, heißt Peter Leif Petersen, ist ein extrem angenehmer Typ, ein Philanthrop, intellektuell hochbegabt und trotzdem bescheiden, geistreich, witzig, kreativ, tolerant, hat eine außergewöhnlich nette Frau, die sich rastlos ehrenamtlich einbringt, sowie vier hochbegabte Kinder, die bei »Jugend musiziert« schon Preise gewonnen haben. Er wird von seiner Gemeinde geliebt und getragen durch gute und durch schlechte Zeiten. Und im Januar werden wir ihn und seine Familie besuchen. Vielleicht lasse ich mich von ihm sogar taufen oder ich werde gleich Religion studieren – am besten alle Religionen gleichzeitig!

Wahrhaftig, es ist ein Geschenk, einem Menschen zu begegnen, der einem gleich vom ersten Augenblick an sympathisch ist...

Ökotrophologisches Pointenfeuerwerk

Okay, für Heide Simonis, Karl Moik oder Eddi Stoiber war das Jahr 2005 nicht so glücksvergoldet wie von ihnen erhofft. Im Gegenteil, es ist ihnen unter kaltem Gegenwind dumm verrauscht. Ihre Bilanz beginnt mit einem Minuszeichen und erscheint in der Signalfarbe rot. Sie mussten lernen: Trends kippen schnell, und eine allgemeine Beliebtheit wandelt sich rasch zu einer ganz gemeinen Beliebigkeit. Das schreibe ich ohne jede Häme. Mehr noch, Mitgefühl begleitet den Sturzflug meiner Chronistenfinger auf die Tastatur, ehrlich.

Wir alle haben nicht nur unsere dunklen Seiten, unsere Leichen im Keller und sich in süßer Sünde suhlende Gedanken.

Nein, auch Versagen, Scheitern und schweißtreibende Peinlichkeitserlebnisse pflastern die holprigen Straßen, auf denen wir durchs Leben taumeln.

Und wenn ein neues Jahr in die frischen Socken schlüpft und alle optimistisch nach vorne blicken, dann finde ich selbst auch den Mut, meine eigenen Blamagen und Bühnenflops in die fahle Wintersonne zu hängen. Nun besteht bekanntlich die Möglichkeit, die eigene Blödheit oder Eitelkeit, durch die man eine Situation voll an die Wand gefahren hat, schweigend und mit einem Magenschwür zu sublimieren. Doch mein Hausarzt rät davon ab.

Besser sei es, eine solche Katastrophe durch den intellektuellen Wolf zu drehen und aus ihr kristallklare Lebensweisheiten herauszuquetschen. Alsdann, beginnen wir mit der Vergangenheitsbewältigung.

Mein Leben als Gaukler und Narr hat mir zuweilen Augenblicke beschert, da meinte ich zu glauben, Drogen karriolen durch mein Stammhirn oder ich sei in ein Paralleluniversum verschleudert worden.

Vor einigen Jahren buchte mich eine nette Ökotrophologin, also eine Ernährungswissenschaftlerin, von der Postkrankenkasse, der die höchst knifflige, wenn nicht unlösbare Aufgabe übertragen worden war, im Schichtdienst knechtenden Beamten die Vorteile des biologisch-dynamischen Frühstücks schmackhaft zu machen. Diese Körnershow sollte im Postamt zu Niebüll abrollen, und zwar morgens früh um sechs Uhr. Denn dann, so hatte die kluge Frau es ausbaldowert, wechseln Nachtdienst und Frühschicht und sie hätte ohne Waffengewalt 66 Prozent ihrer potenziellen Opfer gleichzeitig

am Schlafittchen. Denen wollte sie dann mit einer schlanken Eiweiß-, Fett- und Kohlehydrat-Performance ihre fortschrittlichen Ernährungstipps kundtun. Und Inselnarr Degen sollte als Pausenclown dieser Inszenierung Witz und Leichtigkeit einhauchen. Eines gleich vorweg: Hätte ich stattdessen eine Marienprozession durch Bagdad geleiten müssen, ich bin sicher, das wäre die einfachere Aufgabe gewesen.

Ich also mitten in der Nacht von meinem Wecker in die Senkrechte gewuchtet, Notfrühstück, Katzenwäsche, in den Zug gesprungen und pünktlich um 5 Uhr 55 am Niebüller Zentralbahnhof angekommen. Dort gleich rein ins Postamt, wo der Häuptling der ganzen Bande schon mit der Körnerkoryphäe herumlungerte. Kaltes Neonlicht umflackerte die Szene. Im Hintergrund sah man graugesichtige, rotäugige Postler zottelige Briefbündel und knautschige Päckchen versackbeuteln.

Auf einem wackeligen Tisch hatte die nun vor Aufregung rotwangige Ernährungsberaterin einen Querschnitt deutscher Frühstücksvielfalt aufgebaut. Sie zupfte und korrigierte nervös an den Lebensmitteln herum, während der Oberpostbütel unter Androhung von Abmahnungen seine schläfrige und maulige Horde wach zu trommeln versuchte. Und dann folgte die Situation, die sich über die Netzhaut für immer in meine Gehirnwindungen eingebrannt hat.

Vier Nachtarbeiter, fünf Frühschichtler, die einen ausgebrannt, die anderen demotiviert, mussten sich einen Vortrag anhören, den Mütter, Schwiegermütter und Ehefrauen ihnen in ähnlicher Form schon mehrfach gehalten hatten, allerdings zu unvergleichlich humaneren Tageszeiten.

Meine zwei jeweils zehnminütigen kabarettistischen Bemerkungen zur Ernährung im Allgemeinen und für Schichtdienstknechte im Besonderen, die in jedem Kursaal der Welt ekstatische Begeisterungsstürme ausgelöst hätten, wurden von dieser morgentaumatten Briefmarkenversammlung ohne erkennbare Anteilnahme, mienenspielfrei und mit gebrochenen Pupillen ertragen. So stelle ich es mir vor, wenn ein Geistlicher einem Delinquenten im Angesicht des Galgens dies und das von der Güte Gottes vorflüstert.

Während ich nun also eine Superpointe nach der anderen auf mein wehrloses, posthumoristisches Publikum abfeuerte, dachte ich im Stillen: »Jungs, Kopf hoch, ich versteh euch doch. Wenn ich die ganze Nacht Steuerbescheide vom Finanzamt Leck, Prospekte von Beate Uhse oder Stuhlproben für das Großlabor von Flensburg-Handewitt verteilen und abstempeln müsste, wäre ich emotional auch tiefer gelegt. Also ziehen wir das hier jetzt zügig durch, ich greif die Knete ab, und ihr fahrt alle flott nach Hause und springt zu Mutti in die Federkiste!«

Irgendwann später – durch die beinahe blinden Fensterscheiben war zu erahnen, dass die Sonne sich gerade über den Horizont quälte, war die Tofu-Tante mit ihrer Schulungseinheit fertig, sie kratzte ihre Dekoration zusammen und wünschte uns allen eine ballaststoffreiche Verdauung sowie einen erfolgreichen Tag.

Während die Frühschicht in die Verteilerhalle schlurfte, trollten sich die erschöpften Nachtdienstler zum Personalparkplatz, stiegen in ihre Baumarkt-verspoilerten Jettas und Kadetten und brummten nach Hause, nicht ohne zuvor beim Getränkemarkt noch zwei Kisten Nordfriesenfrühstück einzuladen.

Ich bedanke mich beim Niebüller Postminister für das mir entgegengebrachte Vertrauen und dafür, dass ich für ihn und die norddeutsche Volksgesundheit hatte tätig sein dürfen. Ehrlich, so einen Stuss habe ich tatsächlich abgelassen. Aber man weiß als Freiberufler nie, wozu solche obskuren Spezialauftritte gut sind. Womöglich empfiehlt der Postsack mich weiter und ich bekomme unverhofft ein Engagement für den nächsten Kongress der Postgewerkschaft. Da rollt dann der Rubel, und hinterher geht's mit dem Vorstand noch weiter ins örtliche Eroscenter.

Trotz dieser reizenden Aussichten, die mir in diesem Moment allerdings nicht sehr präsent waren, begann ich auf der Rückfahrt nach Sylt hemmungslos zu heulen. Welch ein Desaster! Wir Humoristen sind halt viel sensibler als die meisten vermuten. Die meisten von uns weinen mehrmals täglich, wenn mal keiner über sie lacht.

Jahre später recherchierte ich aus Langeweile einmal die weitere Entwicklung und den Verbleib der Seminarteilnehmer. Einer hatte nach dem Körnerseminar bei der Fremdenlegion angeheuert und massakrierte fortan Vegetarier in Indochina, einer seiner Kumpel war ins Watt emigriert und agierte als wortkarger Zusteller auf den Halligen. Eine andere arme Sau hänge, so munkelte man mir zu, seit acht Jahren in der Psychoanalyse ab und treibe damit seine Krankenkasse genüsslich in den Ruin.

Ebenso eindrucksvoll wie einzigartig die biografische Wendung eines jener Nachtdienstler mit permanentem Schlafdefizit: Die albtraumhafte Körner- und Kabarettshow im Niebüller Postamt hatte ihn derart nachhaltig aus der Bahn geworfen, dass sich die Aura der Therapieresistenz über ihn stülpte und er eines vormittags in Trance eine Geschlechtsumwandlung an sich vornehmen ließ.

Ausgerechnet dieses feminine Konstrukt soll übrigens – hier schließt sich der Kreis meiner Ermittlungen – zukünftig die zugbegleitende Ernährungsberatung für Nord-Ostsee-Bahnkunden übernehmen. Na, das ist ja mal ein Hoffnungsschimmer für uns alle!

Krieg der Klimakiller

Wir waren uns alle einig. Bei uns in der Straße. Ohne Ausnahme. Wir mussten handeln – sofort! Das waren wir, so lautete der Konsens, uns und unseren Kindern schuldig. Uns allen war klar: Es war fünf vor zwölf. Mindestens. Eher ein paar Minuten später. Da musste die Reißleine gezogen werden. Sonst machten wir uns alle mitschuldig. Worüber ich rede? Ich meine die Sache mit dem CO_2-Ausstoß. Mensch, davon sind wir doch alle betroffen! Da kann keiner weitermachen wie bisher. Denn die Rechnung müssen wir doch alle begleichen. Irgendwann. Wir hatten also beschlossen, unsere Lebensgewohnheiten zu ändern, alles umzukrempeln, alles auf den Prüfstein zu stellen, damit unser blauer Planet auch in hundert, in tausend, was rede ich: in Millionen von Jahren bewohnbar sein wird. Und sollte sich nur einer querstellen, doch nicht mitmachen, dann müssten wir mit ihm reden ...

Ich sag mal so: Alle meine Nachbarn sind äußerst vernunftbegabt. Als die Diskussionen um den Kohlendioxidausstoß immer heftiger wurden, begann hier ein kluges Umdenken. Die Müllers von schräg gegenüber schafften sich ein Hybridauto an, der alte Hansen von nebenan ließ sich einen Rußfilter unter seinen alten Diesel schrauben und die Matthiessens ein Haus weiter stornierten den Urlaub auf den Malediven. Sie freuen sich nun auf das ersatzweise gebuchte Jugendherbergswandern im Hunsrück. Und Malte Petersen – unsere Gärten sind lediglich durch einen Elektrozaun voneinander getrennt – rasiert sein Arschgesicht nur noch nass, stemmt sich quasi mit dem Pinsel gegen die Klimakatastrophe. Hut ab vor soviel konkretem Umweltengagement!

Auch ich war nicht untätig und habe meiner Frau einen »Hackenporsche« spendiert (mit Breitreifen!), damit sie für die täglichen Einkäufe nicht immer mein Auto strapaziert. Alle machen, alle tun, alle kümmern sich – nur Olli Ohmsen von ganz schräg gegenüber fährt weiterhin seinen amerikanischen Pickup, ein übles Monstercar mit dem Verbrauch eines Flugzeugträgers im Persi-

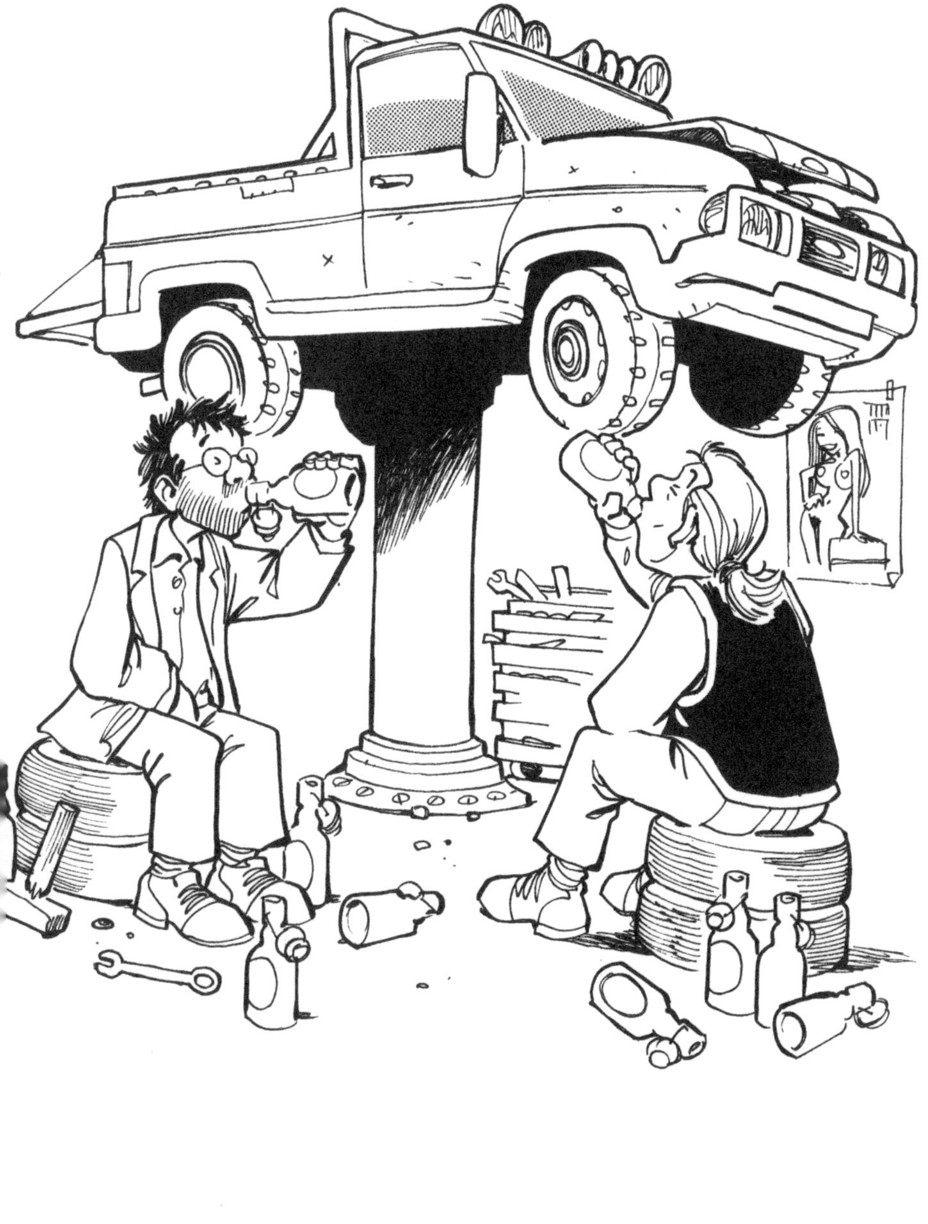

schen Golf und Emissionswerten wie eine chinesische Millionenmetropole.

Wenn er am späten Vormittag seine Dreckschleuder startet, um anschließend ins Haus zurückzugehen und erstmal zu Ende zu frühstücken, wird es dunkel in Westerland. Eine blaue Abgaswolke baut sich auf, verdichtet sich und zieht dann wie die Nebel von Avalon durch unsere Straße. Er hat sich einen 800-Liter-Zusatztank auf die Ladefläche geschraubt und wenn er mal auf dem Festland zu tun hat, macht er immer einen kleinen Schlenker nach Polen und tankt da spottbillig auf. Mit dem Verbrauchsargument kannst du ihm nicht kommen – dreißig Liter auf hundert Kilometer sind für Olli kein Ärgernis, sondern Statussymbol.

Doch jetzt, da beschlossen wurde, dass sich Deutschland nicht nur an der Verpestung, sondern auch an der Rettung des Weltklimas beteiligen solle, beschlossen wir, uns diesen Bruder Bleifuß vorzuknöpfen. Unser klares Ziel war es, mit der Kraft und dem Ethos umweltfreundlicher Argumente, angereichert mit einem Appell an die Vernunft, Olli dazu zu bewegen, seine Dreckschleuder stillzulegen und sich ein Ökoauto anzuschaffen. Im Idealfalle sogar eines, das von deutschen Mechanikern zusammengeschraubt worden ist.

Als langjähriger Vertrauter Ohmsens wurde ich beauftragt, Kontakt zu dem PS-Psychopaten aufzunehmen. So dackelte ich am vergangenen Sonnabend zu ihm.

In einer Hinsicht, das sollte an dieser Stelle kurz erwähnt werden, ist Olli ja ein gesetzestreuer Bürger: Während der normale Sylter seine Restkreativität dazu nutzt, die sich an sein Haus lehnende Doppelgarage über Jahre still und leise in eine bewohn- und vermietbare Fläche umzuwandeln, dient Ollis Garage artgerecht zum überdachten Parken seiner jeweiligen Karre und darüber hinaus als Bastelwerkstatt und Konstruktionsbüro. Wider den Trend hat dieser Grobmechaniker sogar das über der Garage liegende Appartement geräumt und die Decke durchbrochen, um die in der Garage installierte Hochleistungshebebühne optimal nutzen zu können.

So geschieht es in unserer Straße immer mal wieder, dass Mietern in baumwipfelhoher Balkonsphäre, wo sie vorzugsweise

Wanst und Hängearsch bräunen, unvermittelt Ollis Vierrohr-Sportschalldämpfer entgegenröhrt.

Es gäbe, keine Frage, genügend Gründe, durch gerichtliche Verfügungen diesem Spuk ein Ende zu machen. Da es sich die meisten Nachbarn mit dem Schraubgenie nicht verderben möchten, weil er nicht selten ihre Autos kostengünstig TÜV-fit frisiert, ließ sich keine glaubwürdige Drohkulisse aufbauen. Der Rechtsstaat hat hier bei uns in der Straße schon vor Jahren kapituliert.

In Ollis Garage herrschte das pralle Leben. Im Hintergrund dudelte das Radio, ein Luftdruckkompressor lärmte, der Geruch von Öl, Benzin, Bier und Gummiabrieb verbreitete Formel-1-Atmosphäre. Dazu passend hingen geile Boxenluder mit skurrilen Oberweiten als Poster an den Wänden.

Ich ploppte mir eine Flasche Bier auf und prostete Olli zu, der gerade Felgen mit groben Winterschlappen abschraubte und 22-Zoll-Breitreifen aufzog, mächtige Kaliber. Dabei hatte er so ein lüsternes Flackern in den Augen, ähnlich wie Veganer im Tofu-Shop.

»Du, Olli, ich muss mal mit dir reden«, begann ich zögerlich, ging dann aber gleich in die Volloffensive: »So geht das nicht mehr weiter mit dir. Deine Zeit und die Zeit der Monsterautos sind vorbei. Ein für allemal. Wann kapierst du das endlich und schaffst dir ein Dreiliterauto an? Die gesamte Nachbarschaft hat sich entschlossen, dem Klimawahn den Kampf anzusagen. Nun bist du an der Reihe. Wir appellieren an dein Verantwortungsgefühl!«

Ich hatte das letzte Wort kaum ausgesprochen, da musste ich mich abrupt ducken, denn ein mächtiger Chrom-Vanadium-Ringschlüssel rauschte durch die Luft und krachte nur Zentimeter neben mir an die Wand. »Hör mal zu, du Blasenteetrinker, solche Sprüche kannst du dir bei mir sparen, da schalte ich gleich auf Durchzug«, bellte Olli mich an und wischte seine Ölfinger mit einem Putzlappen ab.

»Ja, aber guck doch mal raus in die Natur. Wir haben Ende März und gefühlt ist fast schon Hochsommer. Und das nur, weil du der größte Klimakiller nördlich von Eider und Treene bist. Du stellst dich mit deinem Verhalten gegen die Gesellschaft«, las ich ihm tapfer die Leviten, wobei ich mir der Aussichtlosigkeit meines Tuns durchaus bewusst war.

Olli richtete sich mühsam auf, reckte und dehnte sein lahmes Kreuz und wischte dann liebevoll über die glitzernden Alufelgen seines stählernen Umweltverpesters. Dann griff auch er sich ein Flens und schlurfte zu mir herüber. »Pass mal auf, du Pausenclown«, knarzte er mich an, »du kannst ja zukünftig deine Eier im Ökoladen schaukeln lassen, du kannst dir meinetwegen einen Verarschungs-Hybrid vor die Tür stellen und Urlaub in Emmelsbüll machen. Aber ich lass mich nicht kirre machen von den Schlitzaugen und Turbanträgern.«

Olli rückte, eine seiner extrem unangenehmen Eigenschaften, nah an mich heran, so dass ich sah, wie seine zahnsteinblonden Nasenhaare vibrierten, und eingehüllt wurde von seinem Atem, dessen Geruch zwischen Urinalstein, Gülle und Gammelfleisch lag.

Ich unterdrückte einen aufkommenden Brechreiz und schob ihn mit der freien Linken auf Distanz. »Nein, Olli, so einfach ist das nicht. Auch andere Völker haben ein Recht auf Wohlstand und wirtschaftliche Entwicklung. Jetzt sind die mal dran. Da müssen wir Deutsche uns – und damit auch du – in Zukunft ein wenig einschränken.«

Olli hockte sich auf einen Reifenstapel mir gegenüber, setzte seine Flasche an und saugte es wie ein Verdurstender in sich hinein. Dann rülpste er genussvoll und grinste mich nassäugig an: »Gestern stand in der Zeitung, dass jeden Monat über tausend Chinesen nach Deutschland fliegen, sich hier ein Auto mieten und dann mit 200 Sachen über die Autobahn kacheln. So etwas ist ja nur in Deutschland erlaubt. Wenn du das in China machst, wirst du doch gleich erschossen und für die Organbank ausgeplündert. Glaubst du denn wirklich, du Frühlingsrolle, dass ich Benzin spare, damit diese Reispupser das alles machen dürfen?«

Ich schüttelte genervt den Kopf: »Olli, das ist der Preis der Freiheit, und Freiheit ist nicht teilbar. Freiheit ermöglicht auch kulturelle Interaktion. Sieh die Dinge doch mal so: Der Chinese hat uns Tai Chi, Feng Shui, Nasi Goreng und Mika Do geschenkt, und dafür überlassen wir ihm mal für eine Stunde oder so unsere Überholspuren. Das ist alles ein Geben und Nehmen – Globalisierung in seiner schönsten Form, verstehst Du?«

Doch mein Gegenüber verstand natürlich nicht. Er hatte für meine brillante Argumentationskette nur eine verächtliche Handbewegung über:»Bevor ich diesen Energiesparquatsch mitmache, sind erst einmal andere dran, dein Schwager Berthold zum Beispiel. Der ist mir gestern im Supermarkt in die Arme gelaufen – und weißt du, was der im Einkaufswagen hatte? Australischen Rotwein, italienisches Mineralwasser, marokkanisches Nordseekrabbenfleisch, neuseeländisches Lamm, amerikanischen Mais, chilenische Weintrauben und Flugananas aus Ecuador. Ich sage dir, für den Transport dieses ganzen genmanipulierten Krempels, mit dem dein Schwager sich den Kühlschrank vollmüllt, ist mindestens eine Tonne Kerosin verbrannt worden. Und du Klugscheißer verlangst von mir, dass ich mein Betriebsfahrzeug stilllege, mit dem ich zu meinen Stellnetzen fahre, mit dem ich meine Schafe am Nössedeich versorge, mit dem ich dein Boot zum Hafen schleppe, mit dem ich das Bier hole, das du dir da gerade reinschüttest undundund ... sach mal, hast du den Schuss nicht gehört, hast du die Religion gewechselt, oder was geht hier ab?«

So ist er, mein Freund Olli, der Herr Ohmsen: Krude Argumente und fiese Beleidigungen am Fließband. Ich bin sicher, würde Olli in die Sylter Kommunalpolitik einsteigen, die von vielen ersehnte Fusion wäre in kürzester Zeit perfekt. Und zwar auf diese Art: Sylt – eine Insel vereint ... gegen Olli Ohmsen!

Doch an mir perlten seine Sprüche und Beleidigungen ab. Ich kenne diesen Machokotzbrocken seit seiner frühesten Kindheit und weiß: Du darfst im Wettstreit der Argumente mit ihm nicht schwächeln, nie, keine Sekunde!

Ich versuchte es mit Einfühlsamkeit:»Tut mir echt Leid, Olli, du hast ja nicht in allen Punkten Unrecht. Aber der Druck der Straße ist zu groß, die Nachbarn verlangen ein Verhandlungsergebnis. Du musst dich anpassen, sonst wollen sie dich nicht mehr zum Grillabend in den Kleingartenverein einladen.«

Erst schaute mich der Deichschafzüchter erstaunt an, doch dann rutschte ihm ein hämisches Grinsen ins Gesicht:»Oh, wirklich, das stimmt mich jetzt aber total traurig, dass deine Freunde, die Weltklimaretter, mich nicht einladen wollen. Gerade Malte Petersen, der jedes Jahr mit dem Bumsbomber nach Bangkok fliegt, oder die Hansens, die vorgestern vom Skilaufen zurückgekommen sind, drei Wochen Slalom immer um die Schneekanonen herum, oder die Matthiessens, die sich in Florida ein Haus gekauft haben und zweimal jährlich rüberdüsen. Und dann grüße mir auch die Hansens, die alle zwei Tage mit ihrem zwanzig Jahre alten, rußfilterfreien VW-Bus zum Dritte-Welt-Laden nach Kiel rumpeln.«

Dann riss er mir meine halbvolle Flensbuddl aus der Hand und schnaubte: »Und mit dem Biergesaufe ist jetzt auch Schluss. Kohlensäure ist ja der schlimmste Klimakiller. Und das anschließende Gerülpse erst recht. Dagegen sind die furzenden Rinderherden Argentiniens direkt harmlos. Ich hab's erst gestern in der Zeitung gelesen: Nach jeder Grill- und Saufparty bei dir im Garten steigt der Meeresspiegel um sieben Zentimeter an – also sei du bloß ruhig, du Motorsegler …«

Sylt – Sperrgebiet für Ausländer

Wir erfreuen uns auf Sylt der schönsten Strände weltweit, der hochwertigsten Gastronomie, des allerbreitesten Sportangebots für Urlauber, Einheimische und Zweitwohnungsbesitzer, wir haben manchmal das schönste, meistens jedoch das ungewöhnlichste Wetter und glänzen mit Kurabgabetarifen, mit denen wir die Badeorte in Dubai, Bahrain und dem Oman mühelos hinter uns lassen. Wir bieten mit dem Autozug die lustigste Art überhaupt auf dem Globus, eine Urlaubsdestination zu erreichen, und mit unserem Kurmusikprogramm klingeln wir im Gast Fiktionen vergangener Epochen wach. Auf dem Sylter Airport, doppelt so groß wie das Fürstentum Monaco, könnten Airbusse im Minutentakt landen, und die Klamottenläden in der Friedrichstraße sind in der Lage, ad hoc die Hälfte der Weltbevölkerung wetterfest einzukleiden.

Alles also sssuper – und trotzdem: Wir bleiben unter uns. Kein internationales Publikum. Keine Weltläufigkeit. Deutscher Provinzialismus. Wir unter uns und die weite Welt irgendwo da draußen.

Ist man in der Welt unterwegs, ist die ganze Welt unterwegs. Ob beim Bungee-Jumping in Down-Under, beim Einbaumfahren auf dem Amazonas oder naturfreundlichen Heliskiing in den Rocky Mountains, überall trifft man alle. Abends beim Absacker im neuseeländischen Queenstown sitzen wir zwischen indischen Grazien, wuchtigen Yankees, normannischen Norwegern und mandeläugigen Südostasiatinnen. Beim Shopping auf dem Times Square, beim Tauchurlaub am Barrier-Riff oder im Gedränge vor dem Louvre parlieren die Menschen in allen Idiomen.

Die Hibiskusschönheit auf Bora Bora, die dir die Kokosnüsse aufschlägt, ist eine polynesische Prinzessin und bei Aldi in Monte Carlo steht vor dir in der Kassenschlange Schumi senior.

Wenn du dir jedoch auf Sylt dein Feierabendbier 'reinpfeifst, sitzt links von dir ein Rentner aus Hessen, rechts von dir ein Pensionär aus dem Saarland und hinter dir lärmt ein Kegelverein aus Winsen an der Luhe. Dein Barkeeper kommt aus Emmelsbüll und statt eines Formel-1-Weltmeisters sind wir hier stolz auf die breitesten Rollstuhlrampen der nördlichen Hemisphäre.

Ich persönlich finde das total in Ordnung so. Nur frage ich mich: Mögen uns die Ausländer nicht? Oder noch schlimmer: Weiß der Rest der Menschheit gar nicht, dass es Sylt gibt? Was könnten die

Gründe dafür sein, dass die Welt uns ganz oben in Deutschland cool links liegen lässt? Kein Land grenzt an so viele Nachbarstaaten wie unseres und trotzdem kommt keine Sau hierher. Höchst merkwürdig, oder?

Was ist zum Beispiel mit unseren unmittelbaren Anrainern, den *Dänen* los? Nun, offenbar sind wir für die *Dänen* das, was für die *Mexikaner* die *Amis* oder für die *Esten* die *Russen* sind: ein erdrückender Koloss. Wenn der *Däne* nach Deutschland fährt, dann nur, um im Grenzgebiet Bier und »Snaps« zu kaufen oder unsere Autobahnen als Transitstrecken auf dem Weg nach Süden zu nutzen. Dass ein dänischer König einstmals sein Leben in einem Hamburger Bordell aushauchte, mag zur Traumatisierung dieses blondäugigen Wikingervolks beigetragen haben. Und dass die *Dänen* Sylt als Urlaubsziel entdecken könnten, weil ihnen die arabische Welt momentan als wenig krisensicher erscheint, basiert wohl eher auf Wunschdenken.

Die Ignoranz der *Norweger* Sylt gegenüber ist dadurch entschuldigt, dass 99 Prozent der Norweger gar nicht wissen, dass es außer ihnen selbst noch andere Völker gibt. Dänemark und Schweden begreift der *Norweger* traditionell als Kolonien. Der *Norweger* lebt in seinem Heimattal und vollführt in der Polarnacht auf quadratmetergroßen Schneeschuhen melancholisch-trollige Tänze pausenlos um seine Blockhütte herum. Vielleicht würden fortschrittlichere *Norweger* längst mal im Süden Urlaub gemacht haben, jedoch weigern sich die Kapitäne der Fähren, Rentierschlitten mitzunehmen.

Die *Schweden* kommen schon hin und wieder nach Deutschland, weil die Geschwindigkeitsbeschränkung von 60 km/h auf ihren heimischen Autobahnen sie nervt. Dann schippern sie über die Ostsee, um bei uns einen Geschwindigkeitsrausch zu erleben. Problem ist allerdings, dass ihre Volvos und Saabs nur 60 Sachen schaffen. Für höheres Tempo sind diese Elchjäger nicht konstruiert – dann kippen sie um.

Lediglich die *Nordamerikaner* unterhalten zu Sylt eine besondere Liebesbeziehung. Bald hundert Jahre war die amerikanische Coast-Guard – zu deutsch: Küstenschutz – bei uns auf der Insel stationiert. Fast jeder Soldat heiratete während seines Aufenthaltes eine Sylterin und schleppte sie anschließend mit in die Staaten. Die Kinder aus diesen Beziehungen sind, der starken Gene wegen, natürlich Sylter. Und die heiraten dann wiederum *Amerikaner* und so weiter und so fort, na, man kennt das Verfahren ja von den Fruchtfliegen und den Kaninchen. Eines Tages werden also sämtliche *Amerikaner* Sylter sein. So besteht Anlass zu der Hoffnung, dass wenigstens einige von ihnen im Urlaub nach Sylt kommen, also gewissermaßen »back to the roots«. Zumal in US-Gazetten immer wieder die These auftaucht, dass Sylt vergleichbar sei mit »Marthas Wineyard« – zu deutsch: Marthas Weinberg –, ein Ostküsten-Neuengland-Superreichen-Edelpromi-Eiland. Wenn wir ehrlich sind, müssen wir jedoch eingestehen, dass wir im Unterschied zu »Marthas Wineyard« weder Kennedys noch Rockefellers oder Trumps zu bieten haben, sondern nur Bohlen, Kerner und Dall.

Eine Sonderstellung nimmt der *Engländer* ein, jener uns auffällig wesensnahe Bewohner des Vereinigten Königreichs. Seit Kriegsende sind *Engländer* auf Sylt präsent, und irgendwann haben sie sich für die Ewigkeit hier eingenistet. Ist ja auch verständlich: gottgefällige deutsche »Braukunst« statt britischer »Kochkunst« und dazu das »Frauleinwunder«, wer wollte da zurück in die Zentrale des zerbröselten Commonwealth? Das bedeutet: Der *Engländer* kann gar nicht nach Sylt kommen, weil er schon da ist.

Der *Österreicher* sickerte in den sechziger und siebziger Jahren unter dem Deckmantel des Broterwerbs nach Sylt ein. Der Hauptgrund war natürlich ein anderer: Die Ösis wollten am FKK-Strand nackte Weiber beim Beachvolleyball spannen. Dafür sind die verklemmten Alpenländer klaglos mehr als tausend Kilometer gefahren, viele sogar per Anhalter. Doch die meisten von denen sind inzwischen weggestorben, und dem *Österreicher* von heute kommt das Nacktbaden in »Abessinien« vor wie die »Körperwelten« auf Betriebsausflug. Außerdem liegt Sylt für den weltgewandten Wiener eindeutig jenseits der Packeisgrenze. Darum bleibt er fort.

Der *Franzose* macht prinzipiell nur im eigenen Land Urlaub. Für Reisen anderswohin hat er die Fremdenlegion aufgebaut. Der Grund ist schlicht: Der *Franzmann* beherrscht keine Fremdsprachen. Da fehlt ihm eine Sprosse auf der Chromosomenleiter. Darum saugt sich Chirac auch immer am Handrücken unserer Bundeskanzlerin fest. Denn während er da lutscht, braucht er nicht zu radebrechen. Wegen der Sprachschwäche seiner Bewohner hat Frankreich nach dem Zweiten Weltkrieg auch nur das Spielkasino von Baden-Baden abbekommen, während die übrigen Siegermächte sich ganze Landstriche einverleibten. Im Kasino konnte der *Franzose* sich mit seiner Roulettesprache gerade noch so durchschummeln. Die mangelhaften Sprachkenntnisse freilich wären kein Hindernis, auf Sylt den Urlaub zu verbringen. Hier könnte der *Franzose* rasch heimisch werden, denn das »Savoir vivre«, jene lockere, frankophile Lebensart, die beherrschen wir schließlich aus dem Effeff. Und mit einer Flasche gutem Bordeaux im Kopf, da hört sich für den *Franzosen* die friesische bestimmt an wie die eigene Sprache...

Reisebekanntschaften

Früher sind die Menschen gezielt verreist, heute fahren sie irgendwohin. Früher haben die Menschen ihren Urlaub dazu genutzt, gesundheitlich aufzutanken, ihre Arbeitskraft rundzuerneuern, ganz so wie es in den Chefzimmern und Vorstandsetagen gern gesehen wird. Heute scheinen Reisende auf der Flucht vor ihrem Alltag zu sein. Früher haben die Menschen ihre Sparschweine geschlachtet, um sich am Bahnhof einen Fahrausweis zu kaufen. Niemand wäre auf die Idee gekommen, Trittbrettfahrerei zu betreiben. Solche Parasiten stellten sich an Autobahnauffahrten und hielten sich ein Pappschild vor den Bauch, auf dem ihr Reiseziel stand. Heute stellen sich Menschen breitbeinig und ungehobelt in Abteiltüren und bellen lauthals durch den Waggon, wer auf seinem Schleswig-Holstein-Ticket noch einen Platz frei habe. Es fehlt nicht mehr viel, und diese Aufdringlinge fangen an, die Fahrscheine zu kontrollieren, um herauszufinden, wer ihr nächstes Opfer sein soll ...

Ja, echt toll, wer da so alles unterwegs ist. Ich dachte immer, dass es sich bei den Typen, die in den Krawalltalkshows einschlägig bekannter Spartenkanäle auftreten, um Schauspieler handele, die überzeugend und unter Einbringung all ihrer Talente Schicksale am äußersten Rand der Gesellschaft darstellen. Aber Irrtum: Diese Typen gibt es wirklich. Und die fahren auch Bahn. Jedenfalls immer dann, wenn ich gerade unterwegs bin. Und – erstaunlich genug – immer mit meinem Zug und in meinem Abteil.

Ich finde Kinder toll, ehrlich. Ich war schließlich auch mal so ein Früchtchen. Jedenfalls gibt es in meiner Familie Fotos, die das belegen. Ich kann mich aber nicht daran entsinnen, dass ich unablässig geschrieen hätte. Meine Kindheit habe ich als eher still in Erinnerung. Heute kreischen die Gören immerfort. Und sie dreschen gern aufeinander ein. Und dann, wenn endlich mal ein Hieb sitzt, haben sie tatsächlich einen Grund zum Schreien. Aber die Eltern sind total modern eingestellt. Die mischen sich nicht ein. Und wenn doch, dann schreien sie noch lauter als die Kinder. Der Vorteil dabei ist, dass man dadurch das Musikgeplärre aus dem Walkman des sturzbetrunkenen Jugendlichen nicht mehr hört, der mit Springerstiefeln auf den Sitzen nebenan eingerollt im Tiefschlaf röchelt, wobei ihm zahnsteingelber Speichel aus dem Mundwinkel sickert.

Im Rahmen der aktuellen Demografiedebatte wurde oft behauptet, dass nicht nur zu wenige Kinder geboren würden, sondern auch, dass die verkehrten Frauen diese Kinder bekämen. Eine flotte Formulierung, die eigentlich nicht in unsere gelebten oder vorgetäuschten Moralvorstellungen passt. Doch nach meinen jüngsten Bahnfahrten sehe ich das anders: Es ist so, dass die falschen Kinder in die verkehrten Familien hineingeboren werden.

Da lob ich mir unsere Familienministerin Ursula von der Leyen. Die hat einen lieben Mann, einen tollen Job und sieben herzallerliebste Kinder. Wobei, wenn ich Frau von der Leyen im Fernsehen erblicke, ständig im Kindergewusel, dann erkenne ich nie, ob das nun gerade ihre eigenen Bälger sind, ob sie just eine Rund-um-die-Uhr-Kinderbetreuungsstätte in Wetzlar eröffnet oder in einer Kreuzberger Problemschule mütterliche Wärme abstrahlt.

Jedenfalls würde ich mir angesichts dieser Bilder wünschen, bei einer Bahnfahrt einmal in ein Großraumabteil zu geraten, in dem die von der Leyensche Großfamilie Platzkarten gebucht hat. Bestimmt würde es gut riechen, nach Friseur, selbstgebackenem Kuchen und neuen Büchern. Bücher, wenn sie frisch gedruckt sind, riechen nämlich sehr angenehm, man muss nur einmal die Nase reinstecken. Und dann der herrliche Geruch von Vollkornbrötchen, Multivitaminsaft und frischen Äpfeln. Die Äpfel sind natürlich aus dem Garten von Opa Ernst. Jaja, Kenner und Bescheidwisser, die das hier jetzt lesen, dürften bestätigend mit dem Haupt nicken. Denn Frau von der Leyen ist ja die Tochter von Ernst Albrecht, der fast ein Menschenleben lang Ministerpräsident von Niedersachsen war. Denselben Kennern und Bescheidwissern ist natürlich auch bekannt, dass Niedersachsen auf Englisch »Lower Saxonia« heißt. Das nur mal kurz am Rande erwähnt.

Wenn landadelige Kinder einer ministrablen Mutter mit Äpfeln gefüttert werden, die von einem ehemaligen Ministerpräsidenten gepflückt wurden, dann ist die Wahrscheinlichkeit gering, dass

Bahnreisende von ihnen mit Baseballschlägern bedroht werden oder sie im Zugklo auf die Brille pinkeln. Dabei fällt mir ein: Hätte der Welfenprinz Ernst-August in der Familie unserer Familienministerin aristokratisches Benehmen eingeübt, wäre sein Rüpelpotential wohl kaum so heftig zur Blüte gelangt.

Ich würde also in dem Abteil der von der Leyens Platz nehmen, mit einem freundlichen Kopfnicken würden mir die anderen Fahrgäste nonverbal zu verstehen geben, dass ich willkommen sei – das ist in besseren Kreisen üblich, hat sich aus diesem Grunde auf Sylt aber noch nicht überall durchgesetzt – und mit gedämpfter Stimme würde die innerfamiliäre Kommunikation fortgesetzt werden. Die jüngsten Kinder, sicher noch im Vorschulalter, würden zu mir gekrochen kommen, vielleicht mit einem blauen Schlumpfbalg oder einer original Käthe-Kruse-Puppe in der Hand und würden mich mit anrührender Unbedarftheit fragen, wer ich denn wohl sei. Das würde bei den anderen natürlich Heiterkeit auslösen, und Frau von der Leyen würde glockenhell lachen und in einem klar verständlichen Niedersächsisch rufen: »Aber, aber Kinder, ihr könnt den Onkel doch nicht einfach so ansprechen. Der kennt euch doch gar nicht.«

Vielleicht würde sie statt »Onkel« auch »junger Mann« sagen.

Das passiert mir immer noch häufig, obwohl … naja, lassen wir das jetzt. Ich würde also gönnerhaft lächeln, die Kinder in ein pädagogisch wertvolles Gespräch verwickeln, indem ich ihnen die Frage vorlege, wie hoch denn wohl der größte Berg im Harz sei, wie viele Ostfriesische Inseln es gäbe und wann Hannover 96 das letzte Mal Deutscher Fußballmeister wurde. Die Mitreisenden würden aufhorchen und sich selbst mit neunmalklugen Fragen und Antworten einbringen. Sogar Professor von der Leyen, der, da in wissenschaftlichen Publikationen lesend, sich bisher nicht beteiligte, würde sein Heft sinken lassen, milde lächeln und – zum Erstaunen aller – die Fußballfrage korrekt beantworten: 1954.

Irgendwann würde einer der hochbegabten und sicher hochmusischen Sprösslinge mir ungebeten einen der rotbackigen Äpfel aus Opas Garten überreichen, alle würden lachen ob dieser kindlichen Keckheit und so langsam, während der Zug durch die Abenddämmerung rauscht, würde sich nach diesem neckischen Zwischenfall ein jeder wieder seinen Obliegenheiten zuwenden.

Ich selbst aber würde – bei dem Gedanken läuft mir das Wasser im Munde zusammen – krachend und genussvoll in den Apfel beißen, hoffend, dass von den starken positiven Schwingungen dieser erhabenen Dynastie etwas auf mich übergehe.

Um beim Thema Hannover zu bleiben: Mit Gerhard Schröder zusammen in einem Abteil zu reisen, steht auf meiner Wunschliste nicht unter den Top Ten. Die Wahrscheinlichkeit ist allerdings auch eher gering, denn der wird sicher stets durch eine Horde russischer Bodyguards abgeschirmt, von Putin spendiert, ehemalige Mitarbeiter der Russenmafia, die mittlerweile dazu umgeschult wurden, Demonstranten per Knüppel die Argumente der Regierung mitzuteilen.

Mit Gerhard Schröder in einem Abteil, da müsste ich mir bestimmt stundenlange Handytelefonate anhören, so in erbrochenem Russisch oder holprigem Englisch. Das ist nichts für Sprachästheten wie mich, denen sogar der Klang eines Satzes von Bedeutung ist.

Aber vielleicht hat Schröder gar keine Bodyguards mehr. Sondern nur einen Hund. Und wenn der dann mal zu mir rüberschnüffelte und ich dann feststellen müsste, dass er gar keine Steuermarke trägt, sondern wie eine Punkertöle nur ein rot-weißes Halstuch, dann würde ich den Schröder mal darauf ansprechen, wie er sich das denn so vorstelle: Erst die halbe Republik auf Hartz IV setzen, dann die Kohle bei Putins Gas in Russland abgreifen und anschließend als Hundesteuerhinterzieher in Deutschland auffällig werden. Na, auf die Ausreden, auf das Herumgestottere wäre ich echt gespannt.

Nein, nein, ich bevorzuge Angela Merkel, als Mitreisende wohlgemerkt. Nehmen wir mal an, sie stiege in Langenhorn in den Zug, nachdem sie sich gemeinsam mit ihrem Gatten den historischen Bauernhof Roter Haubarg angesehen hat. Und sie rollte nun durch bis Friedrichstadt, wo Landesvater Peter Harrysen mit dem Ehepaar eine kleine Pharisäerorgie würde feiern wollen. Ich möchte wetten, die Fremden würden sich auf eine enge Eilzugzweierbank zwängen, selbst wenn ein Viererensemble noch frei wäre. Aber die beiden sind ja dermaßen bescheiden, das ist kaum auszuhalten.

Wenn wir dann durch Husum führen und das Ehepaar Merkel/Sauer sich in seinem archaischen, ueckermärkischen Dialekt erstaunt über die Trockenheit im Husumer Hafen austauschte, dann würde ich als kenntnisreicher Einheimischer in die Gastgeberrolle schlüpfen und erklärend auf die eingetretene »Nipptide« hinweisen. Professor Sauer zöge bestätigend die rechte Augenbraue hoch und fügte mit sympathischer Baritonstimme hinzu: »Vollkommen richtig, wir haben ja heute vier Tage nach Halbmond.« Und der leicht verschleierte Blick unserer Bundeskanzlerin würde liebevoll und warmherzig auf ihren Gatten fallen.

Ich würde mich dann sofort wieder zurückziehen, um den beiden nicht einen Teil der raren gemeinsamen Zeit zu stehlen. Obwohl das ein Opfer meinerseits wäre. Gar zu gern nämlich würde ich den Professor Sauer mal fragen, was er denn Unaufschiebbares zu forschen gehabt hätte, als seine Gattin den Eid der Bundeskanzlerin im Parlament schwor. Was muss seine Frau noch erreichen, damit der Herr seine Studierstube, sein Labor verlässt? Nobelpreisträgerin? Und er würde vielleicht salbungsvoll antworten: »Nein, guter Mann, Päpstin!«

Das fände ich zwar etwas anmaßend, aber es wäre mir allemal lieber als die im Befehlston herausgeschleuderte Frage: »Wer hat noch einen Platz auf seinem Schleswig-Holstein-Ticket? Freiwillige melden, aber dalli!«

Einfach die Insel verändern
20 praktische Tipps für ein besseres Sylt

Im Februar 2006 erschien in zweiter Auflage ein bemerkenswertes Druckwerk auf dem Buchmarkt. Ein britisches Autorenduo hat über die Zukunft unseres Heimathimmelskörpers nachgedacht und ist zu dem Resultat gelangt: So kann es nicht weitergehen. Also machten die beiden sich an die Arbeit und legten den Ratgeber: »Ändere die Welt für 'nen Fünfer« vor. Sie empfehlen darin 55 teils originelle, teils simple, kleinere und größere Möglichkeiten, dem Lauf der Zeit in die Speichen zu greifen und mit unserem Planeten schonender umzugehen. Superidee! Hätten wir auch selbst drauf kommen können.

Aber eigentlich – mal ehrlich – für uns Sylter ist das alles nicht so interessant, denn die Welt, von der da die Rede, liegt irgendwo hinter Niebüll. Hier auf der Goldstaubinsel herrschen andere Gesetze. Wir benötigen eigene Spielregeln. Wir wollen die Geschichte der Menschheit nicht umschreiben. Sollte an dem einen oder anderen Ratschlag der beiden Schlaumeier gleichwohl was dran sein, müssen sie erst einmal auf Sylter Verhältnisse heruntergebrochen werden. Damit habe ich mich beschäftigt und herausgekommen ist der folgende Katalog.

1. Drehen Sie Ihre Heizung ein Grad herunter!
Das spart sechs Prozent Heizkosten! Noch besser: Drehen Sie die Heizung sechs Grad herunter. Das spart 136 Prozent Heizkosten. Denn bedenken Sie: 15 Grad Raumtemperatur wird von einem Eskimo als wohlige Kuscheltemperatur empfunden. (Und Fakt ist: Sylt liegt auf demselben Breitengrad wie Alaska.)

2. Versuchen Sie es mal ohne Fernsehen!
Okay, die Kinder ziehen dann zu Freunden und Ihr(e) Partner(in) hängt jeden Abend in der Kneipe ab. Dafür herrscht bei Ihnen daheim endlich mal Stille. Sie können den Blumen beim Wachsen zuhören. Völlig ungewohnte Geräusche.

3. Verbringen Sie Zeit mit Menschen aus einer anderen Generation!
Es muss ja nicht Oma sein, die im Altenheim geparkt worden ist und beim Reden Speichelfäden zieht. Versuchen Sie es doch mal mit einer neunzehnjährigen Ukrainerin. Die dürfte zwar allenfalls gebrochen Deutsch sprechen. Aber Interaktion besteht ja nicht allein aus Gesprächen.

4. Verkaufen Sie Ihren Geländewagen, denn der ist lebensgefährlich für Fußgänger!
Danach sind Sie selbst Fußgänger, und damit wächst die Chance, von Ihrem ehemals eigenen Geländewagen überrollt zu werden.

5. Baden Sie zu zweit – das macht Spaß und spart Wasser!
Wie, was – geht nicht, weil Sie Single sind? Das ist doch kein Hinderungsgrund. Holen Sie sich einfach den oder die Erstbeste von der Straße in die Wohnung. Was, das hat nicht geklappt? Dann bitten Sie den obdachlosen Zeitungsverkäufer vorm Discounter zum gemeinsamen Bad. Aber nicht vergessen: Kaufen Sie ihm anschließend eine Zeitung ab!

6. Lernen Sie wenigstens einen guten Witz auswendig, denn wer andere zum Lachen bringt, ist beliebt!
Und falls Sie selbst mal lachen möchten, besuchen Sie eine Stadtvertreter- oder Gemeinderatsitzung auf Sylt. Allerdings könnte es passieren, dass das Lachen Ihnen dabei im Halse stecken bleibt.

7. Lernen Sie Friesisch!
Vorteil: Sie können plötzlich bei den Ureinwohnern in Morsum Brötchen einkaufen und dabei mit der blondäugigen Verkäuferin in dieser lustigen Klöppelsprache übers Wetter parlieren.

8. Nutzen Sie Papier beidseitig!
Allein für die Mahnbescheide, die ein durchschnittlicher Sylter pro Jahr ins Haus geschickt bekommt, müssen 238 Bäume gefällt und geschreddert werden. Tackern Sie zukünftig diese Drohpost zusammen und befehlen Ihren Kindern, die Rückseiten der behördlichen Kunstwerke für Klassenarbeiten zu verwenden.

9. Verzichten Sie auf Urlaubsreisen mit dem Flugzeug!
Auch mit dem Zug sollten Sie nicht mehr fahren. Und mit dem Auto sowieso nicht. Noch schlimmer sind Fahrradreisen. Bedenken Sie: Für jedes Fahrrad müssen 128 Gummibäume sterben. Für die Ventilgummi werden sogar Gummibaumkinder geschlachtet. Lösungsvorschlag: Machen Sie nur dort Urlaub, wo Sie zu Fuß hinkommen, zum Beispiel in Klanxbüll, da gibt es hinterm Bahnhof links Zimmer mit Frühstück und fließend Wasser.

10. Lassen Sie Ihre elektronischen Geräte nicht auf »Stand-by« laufen!
Das kostet mächtig Strom. Wenn Sie alle 157 Elektrogeräte Ihres Haushaltes auf eine Steckdosenleiste mit Kippschalter legen und diese prächtig aussehende Installation vor dem Schlafengehen ausknipsen, können zwei oder drei Atomkraftwerke abgeschaltet werden.

11. Frischen Sie Ihre Erste-Hilfe-Kenntnisse auf!
Buchen Sie einen entsprechenden Kursus bei der Volkshochschule. Beginnen Sie mit Mund-zu-Mund-Beatmung. Mehr ist eigentlich gar nicht erforderlich. Stellen Sie sich dafür als Dummy zur Verfügung. Wenn Sie jedoch von den anderen nicht akzeptiert werden, verzichten Sie auf den gesamten Kurs, fahren Sie nach List zum »Austernmeyer« und saugen Sie sich zwölf frische Austern rein. Das ist so ähnlich wie Mund-zu-Mund-Beatmung.

12. Nehmen Sie sich Zeit zum Zuhören!
Wenn Ihre Frau Ihnen beim Frühstück erzählt, dass sie mit ihrem Fitnesstrainer eine gemeinsame Lebensplanung entwickelt hat, in der Sie selbst nicht mehr vorkommen, dann lassen Sie kurz mal die Zeitung sinken, um wenigstens den Eindruck vorzutäuschen, dass Sie das interessiert.

13. Fahren Sie in 30-km/h-Zonen auch wirklich nur 30!
Na, gleich gemerkt? Eine Paradoxie! Denn unter Punkt vier haben Sie ja gerade Ihr Auto abgeschafft.

14. Finden Sie heraus, wie Ihr Geld investiert ist!
Hat der Bankberater das Vermögen in amerikanische Waffentechnik, in Off-shore-Windparks oder in Beate-Uhse-Aktien gesteckt, können Sie sich auf einen sorgenfreien Lebensabend einstellen. Sind Sie jedoch dem elterlichen Rat gefolgt und haben ausschließlich in die gesetzliche Rentenkasse eingezahlt, dann hätten Sie mit Ihrem Kapital ebenso gut gegen rumänische Hütchenspieler vorm Münchener Hauptbahnhof antreten können. Da wäre sicher mehr für Sie drin gewesen.

15. Stellen Sie Nistkästen auf!
Die zahlreichen Rabenkrähen in Niebüll sind durch üble Vergrämungsaktionen, durch die Demontage von Silos und durch das Fällen der Bäume, in denen die sympathischen Vögel sich vermehrten, heimatlos geworden. Steuern sie gegen! Bauen Sie Nistkästen, gleich zwei-, dreihundert Stück. Verteilen Sie diese kleinen Kunstwerke in Keitum und Kampen und seien Sie stolz, gefährdeten Vogelarten Schutz und Heimat geschenkt zu haben.

16. Nutzen Sie die Sprechstunde Ihres Abgeordneten!
Oder – noch besser – besuchen Sie ihn zu Hause. Wenn unser Bundestagsabgeordneter Ingbert Liebing nach einer anstrengenden Sitzungswoche von Berlin nach Hause kommt und Sie schon in seinem Wohnzimmer auf ihn warten, ihm womöglich sogar freundlich die Tür öffnen, seine Begeisterung wird garantiert riesengroß sein. Das glaube ich jetzt einfach mal.

17. Lernen Sie etwas über andere Religionen!
Fahren Sie nach Dänemark und lesen Sie dort Zeitungen. Oder fahren Sie in die arabische Welt und lesen dort dänische Zeitungen. Oder setzen Sie sich auf den Marktplatz von Bagdad und bauen den Petersdom mit Legosteinen nach. Den Einheimischen, die sich neugierig um Sie scharen, spendieren Sie großzügig einige Partydosen Faxe-Bier. Bei diesem Experiment werden Sie viel über fremde Religionen lernen. Ob Sie das Gelernte noch werden anwenden können, möchte ich hier jetzt nicht erörtern...

18. Kaufen Sie häufiger Biofleisch!
Gehen Sie zum Biobauern und lassen sich das Kälbchen oder Lämmlein zeigen, das in der folgenden Woche geschlachtet werden soll. Streicheln Sie das Tier, spielen sie mit ihm und sprechen Sie währenddessen mit Ihren Kindern über das Unvermeidliche. Versuchen Sie Ihrem Nachwuchs mit lustigen Zeichnungen oder farbenfrohen Fotos aus dem Kochbuch den Zusammenhang zwischen den schmusigen Kuscheltieren und einem saftigen Lammcaree klar zu machen.

19. Kaufen Sie nur Kosmetik, die ohne Tierversuche hergestellt wurde!
Das gilt natürlich nicht für Melkfett. Also können Sie so weitermachen, wie sie in den vergangenen dreißig Jahren verfahren sind. Übrigens, die Eskimofrauen pflegen ihr Haar mit Urin. Wenn wir das in Deutschland auch alle machen würden, dann könnte man die Tierversuchsmafia damit in die Knie zwingen.

20. Benutzen Sie Recycling-Toilettenpapier!
Nur, um Missverständnissen und Irrtümern vorzubeugen: Damit ist Toilettenpapier gemeint, das aus *Altpapier* hergestellt wurde ...

Das Buch zur Kolumne:
Robinson und Harvey: »Einfach die Welt verändern«, 112 Seiten, Pendo-Verlag, München / Zürich, Preis 7,90 Euro

---

Die Uhr der Verzagten ist abgelaufen

Whoww!!! Was für ein Jahr liegt hinter, was für eine glückliche Zeit vor uns. Jetzt werden Pfähle eingeschlagen und die Ärmel hochgekrempelt. Jetzt packen wir zu, bevor uns der ganze Laden um die Ohren fliegt. Schluss endlich mit der sozialdemokratischen Weinerlichkeit, mit dieser elenden Gleichmacherei, dieser unsäglichen Planbarkeit von Lebensläufen. Ab sofort zelebrieren wir das Leben als permanenten Abenteuerurlaub. Wir wollen Gegenwind von allen Seiten und das am besten gleichzeitig! Zukünftig stehen wir morgens irgendwo in Deutschland auf und kämpfen mit dem Buschmesser in der einen und einer Machete in der anderen Hand ums Überleben. Sozialstaat war gestern, moderne Gesellschaftspolitik funktioniert nach der Devise: Glücksverheißung durch Eigenverantwortung.

Edmund Stoiber zum Beispiel, der bayerische Matthias-Richling-Parodist, erkannte ohne fremde Hilfe, dass er in Berlin als Superminister für Wirtschaft und Finanzen erbarmungslos zerfleddert worden wäre und sein Auftritt auf der bundespolitischen Bühne in den Geschichtsbüchern allenfalls als Fußnote gewürdigt worden wäre. Also verweigerte er den eigenen, vollmundigen Ankündigungen zum Trotz die Arbeitsaufnahme und zog sich zurück in den warmen Bierdunst der bayerischen Heimat. Dort wurde er dann ein Jahr später von den eigenen Parteikameraden vom Hof gejagt. Besser hätte es kaum laufen können.

Der ebenfalls abservierte Gerhard Schröder (»Es geht nicht um Gas, es geht um Kohle!«) pendelt mittlerweile zwischen Sibirien und Zürich. Leute, wer Hannover kennt, der versteht das.

Oskar Gysi und Gregor Lafontaine, die arbeitsscheuen Verantwortungsverweigerer aus der Führungsriege einer runderneuerten SED, machen den Parlamentskasper und hoffen auf Einladungen zu Sabine Christiansen, Alfred Biolek oder gleich in die Muppet-Show.

Auch Franz Müntefering hat in Stundenfrist begriffen, dass es die alte Tante SPD in Wahrheit nicht mehr gibt. Die neue Gelfrisu-

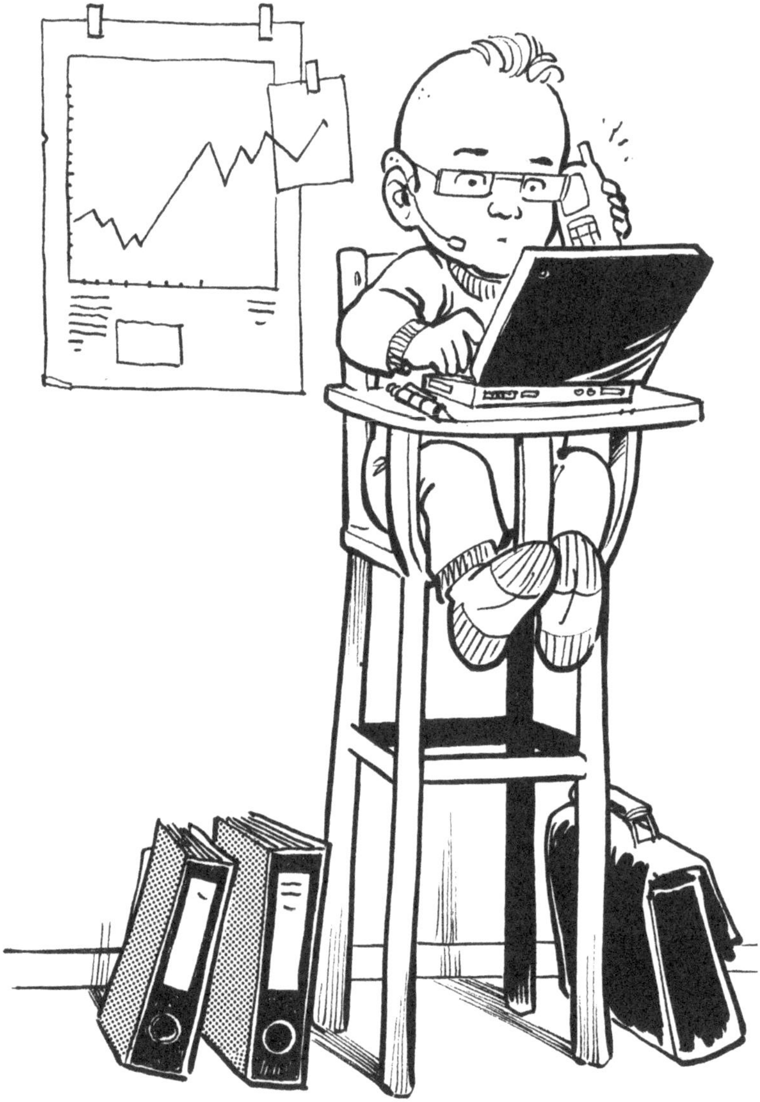

ren-Genossen-Generation, die aus welchen Gründen auch immer keine gut bezahlten Jobs in Forschung, Lehre und Verwaltung abbekommen hat, nennt sich jetzt »Netzwerk«, manövriert sich in Führungsjobs und giert nach Staatsknete. Na gut, Hauptsache die abgehalfterten Politprofis der Parteien sind rundum versorgt und fallen der Allgemeinheit zur Last bis Freund Hein kommt.

Nur wir, das Fußvolk, das muss langsam sehen, wie es zurechtkommt. Es wird eng und enger. Leute, das wird kein Zuckerschlecken, den Gürtel immer enger zu schnallen und Wasser statt Weinschorle zu trinken – aber es hat auch seine Vorteile, denn es wird spannend. Wer zieht den Kopf aus der Schlinge, wer bleibt auf der Strecke? Bet and win nimmt die passenden Wetten entgegen.

Gerechterweise geht es nun auch den Vorschulkindern an den Kragen. Denen wurde früher kaum Beachtung geschenkt, die lebten wie die Maden im Speck. Unbeschwerte Kindheit? Ein Schmarren, volkswirtschaftlich nicht mehr zu verantworten. Ab sofort bekommen die Kleinen einen Krippenplatz ab zwei Jahre, statt Schnuller und Pampers gibt es einen Laptop und einen Fremdsprachenkurs auf die Ohren.

Wenn es darüber hinaus gelingt, den Drogenkonsum der Sieben- bis Neunjährigen um ein Drittel zu reduzieren, wäre das Abitur sogar in elf Jahren realisierbar.

Der anschließende Zugang zu den Hochschulen sollte nur über eine knackige Studiengebühr möglich sein. BAFöG war ja ohnehin eine groteske Fehlentwicklung, Opium für Langzeitstudenten. Wer sich außerstande sieht, sein Studium durch einen Strauß von Gelegenheitsjobs selbst zu finanzieren, disqualifiziert sich für eine Führungsposition von selbst. Einer spürbaren Anhebung der Lebensarbeitszeit ebenso wie der wöchentlichen Arbeitszeit, ist uneingeschränkt zuzustimmen.

Der enorme Qualitätsabsturz des Fernsehprogramms ist aus volkswirtschaftlicher Sicht gleichfalls zu begrüßen. Diesen Schrott mag ja niemand mehr anschauen. Dadurch steigt das verfügbare Zeitbudget für Mehrarbeit. Drei bis vier Stunden in der Woche sind da, vorsichtig geschätzt, leicht drin – die meisten verplempern ihre allzu üppig bemessene Freizeit sowieso im Suff oder auf Droge.

Dieser Wandel geht selbstverständlich auch an mir nicht vorüber. Dreißig Jahre lang habe ich mir an jedem Sonntagabend wie ferngesteuert den ARD-»Tatort« 'reingezogen. Schluss damit! Eine Frechheit, was die da seit geraumer Zeit 'rausblasen: Abstruse Handlungsstränge, degenerierte Charaktere, unlogischer Aufbau. Da gehe ich doch lieber ins Büro, schöpfe Werte und steigere das Bruttosozialprodukt.

Wenn wir jetzt noch alle Psychologen, Datenschützer und Politessen abschaffen, die Praxisgebühr auf 50 Euro anheben, die Pkw-Maut einführen und die Mehrwertsteuer auf 20 Prozent anlupfen, weil sie sich dann besser mit den Fingern ausrechnen lässt, dann käme schon wieder ein Stück mehr Leben in die Bude.

Für Hut tragende, Auto fahrende Rentner, die mit der Geschwindigkeit einer Wanderbaustelle unser zügiges Vorankommen behindern, muss eine Mindestgeschwindigkeit von 100 km/h eingeführt werden.

Und überhaupt: Energie muss teurer werden! Die Leute heizen ihre mit Sperrholzmöbeln ausgestatteten Wohnzimmer auf 30 Grad Celsius hoch und setzen sich dann im Unterhemd vor die Glotze. Das ist nicht nur extrem ungesund, sondern auch der Hauptgrund dafür, dass bei uns die Atomkraftwerke nicht abgeschaltet werden können. 19 Grad reichen.

Ferner: Bei zweieinhalb Euro für einen Liter Sprit wären die meisten Verkehrsprobleme gelöst. Das nenne ich effektive Eliteförderung – Autofahren könnten sich nur noch diejenigen leisten, die es zu was gebracht haben. Die übrigen, die Loser, die Versager, sollen sie doch laufen. Zeit genug haben sie ja. Die tapferen Beamten auf dem Arbeitsamt wollen diese Typen höchstens einmal im Monat sehen.

Viele Deutsche haben immer noch viel zu viel Geld im Portemonnaie. Und was machen sie damit? Lassen sich ein Premiere-Abo andrehen oder verbraten es für sinnlose Urlaubswochen in Ländern, denen sie den Beitritt zur EU nicht gönnen. Sie schrauben sich Wintergärten an die Eigenheime, um sie später als Fahrradgarage zu nutzen. Sie kaufen sich Nordic-Walking-Stöcke und verheddern sich damit prompt in den eigenen Schnürsenkeln.

Und wie benehmen sich unsere Pensionäre? Sie schaffen sich sündhaft teure Wohnmobile an, als lebten sie in Holland. Ansonsten brüten sie auf ihrem Ersparten, leben viel zu lange, und wenn sie endlich in die Grube fahren, hat sich der Geschäftsführer des Pflegeheims längst den ganzen Zaster 'rübergerubelt. Da bleibt der Geist des Generationenvertrags natürlich auf der Strecke.

Der Berufstraum vieler junger Mädchen besteht heutzutage darin, Viva-Moderatorin oder Serienstar in einer Telenovela werden zu wollen. Dummes Zeug. Ich rate allen Vätern im Interesse ihrer gefährdeten Töchter: Möbelwagen bestellen, nach Ostvorpommern umsiedeln und dem Kind einen Kosmos-Physikbaukasten schenken. Dann lernt das Mädel, ideologiefrei analytisch zu denken und bringt uns in der PISA-Tabelle endlich von den Abstiegsrängen weg.

Sehen wir's doch mal so: Schröders peinliche Selbstentblößung bei der Elefantenrunde nach der Bundestagswahl und Merkels spätere Performance in Brüssel, Moskau und Washington sind Symbole für Vergangenheit und Zukunft. Wer es noch nicht getan hat, muss sich schleunigst neu sortieren. Nichts ist mehr, wie es mal war.

Das gilt natürlich auch für Sylt: Lächerlich dieses Gejammere wegen ein paar hundert neuer Hotelbetten, solange es noch Privatquartiere auf Sylt gibt, die wie Oma riechen und mit den durchgewixten Matratzen der Vermieter ausgerüstet sind. Das Saubere ist der Feind des Schmuddeligen. Der Amerikaner ist uns hier, wie überall, Vorbild. Sein Motto lautet: Think big!

Alle jammern über die Unterversorgung Sylter Jungfamilien mit bezahlbarem Wohnraum. Wo bleibt die Schaffung eines schmucken Wohnsilos vom Zuschnitt Köln-Chorweiler oder Hamburg-Steilshoop? Genügend Platz ist doch überall auf der Insel, wo die Bundeswehr abgerückt ist, um am Hindukusch Stellung zu beziehen.

Wir sind einfach zu zimperlich. An den Küsten des Mittelmeers lässt sich besichtigen, wie attraktiv und massenkompatibel eine wirklich verdichtete Bebauung ist. Da hinken wir mit unseren niedlichen drei Hochhäusern an der Westerländer Promenade hoffnungslos hinterher.

Globalisierung macht in Klanxbüll nicht Halt. Lasst endlich Baukräne rollen für den Sieg im Bäderkrieg!

Oh süße, fremde Sprachmelodei

Ja, ich geb's zu: Einer der tausend Gründe, die mich für meine Frau einst entflammt haben, war ihre fränkische Mundart. Sie ist im Maintal, im warmen Schatten des fränkischen Barock aufgewachsen – und als ich sie damals im Juli anbaggerte, auf dass sie mit mir zum Baggersee fahre, nahm sie meine Einladung mit einer Erwiderung in einer Sprache an, die mitten ins Herz traf und mich gleichsam ins Weltall der Zuneigung katapultierte – eine verspielte Sprache, wie ich sie zuvor nie und nirgendwo gehört hatte. Seither bin ich ihr hoffnungslos verfallen und mir sicher, dass die Prinzessinnen, die im Märchen auf der Erbse lümmeln, und die Engelinnen, die im siebten Himmel die Harfe zupfen, ihre Glücksverheißungen in fränkischer Mundart aus ihren Zuckerschnuten perlen lassen.

Nun ist das Unterfränkische aber keineswegs jedermanns Sache. Wenn Aschaffenburger Marktweiber keifen, klingt es, als schlüge jemand mit der flachen Hand Korken in Weinflaschen. Meines Weibes Turteln jedoch fließt so weich und geschmeidig dahin wie das von Forellen durchsprungene Wasser der Pegnitz im goldenen Herbstlicht.

Der Franke macht aus harten Konsonanten prinzipiell weiche. Das P wird so zum B, das K zum G, das T zum D. Diese weichgespülte Sprachmelodie veredeln der Franke und die Fränkin mit verbalem Lokalkolorit, also mit den Füllwörtern wie »fei« und »äweng« sowie »gell«.

Beispiel: Die Bitte an Schwager Peter, in die Stadt zu fahren und italienische Teigwaren zu kaufen, klingt ungefähr so: »Beder, färscht fei nunner und gaufst Bizza mit äweng Bebberoni und wenns widda naufgümmst, holst fei das Bostbaket fürn Baul ab – gell?«

Hier stoßen wir auf eine weitere Spezialität: »Nauf« und »nunner« gehören in jeden fränkischen Satz, weil die Bewohner jener Landstriche allesamt auf Weinbergen hausen.

Nun mag es Mitbürger geben, die diese Sprachleierei unerträglich finden. Tatsache ist aber, dass es bei den »Zungenbrecher-Weltmeisterschaften« seit Jahrzehnten Würzburger Teilnehmer aufs Siegertreppchen schaffen, ja, 1988 holten Würzburger Zungenbrecher sogar Gold, Silber und Bronze nach Franken, denn die Bearbeitung eines Satzes wie: »Der Potsdamer Postkutscher putzt den Potsdamer Postkutschkasten« bereitet einem Würzburger keine Mühe. Er sagt einfach: »Der Bodsdama Bosdwogenfohrer butzt fei den Bodsdama Bosdwogen.« Fertig. Und dafür gibt's dann eine WM-Medaille. Die Überlegenheit der fränkischen Zungenbrecher ist beinahe vergleichbar mit der der deutschen Rennrodlerinnen, die ihre Erfolge allerdings hauptsächlich dem Umstand verdanken, dass Rennrodeln für Frauen nur in Deutschland ernsthaft betrieben wird, während andere Völker sich nicht dafür interessieren. Das ist bei der Disziplin »Zungenbrechen« anders. Sie wird rund um den Globus betrieben.

Dass das T zum D wird, erhöht natürlich zusätzlich die Elastitität des Fränkischen. Der folgende Satz, der im Hause meiner Schwiegereltern quasi täglich mehrfach aufgesagt wurde, ist eine kühne, regionalsprachliche Herausforderung, manche empfinden ihn sogar als Kampfansage ans Hochdeutsche. Zunächst der Satz in der Hochsprache:

»Thea, sage dem Timo, dass die Tante Trude mit dem tauben Pudel, die uns am Pfingstsonntag einen Besuch abstatten wird, eine Flasche Bocksbeutel mitbringt.«

Im Schatten der Würzburger Festung klingt das so:

»Dhea, sach doch dem Dimo, dös die Dande Drude mit ihrm damisch dauben Budl, zu Bfingschde fei no da Kirch vorbeikimmt un oin Bocksbeudl un drää Zwedschgemännle midbringd, gell?«

Ja, ja, das macht die Sache nicht eben einfacher, dass die Franken – wenn sie etwas in ihren Slang übersetzen – gleich auch noch etwas dazudichten. Hier wurden uns, sozusagen als Bonusbeigabe, ein Kirchgang, die Kennzeichnung des Pudels als »damisch«, also bescheuert, sowie am Ende noch drei »Zwetschgen-Männle« untergejubelt. Das sind übrigens obskure Basteleien, die aus getrockneten Pflaumen und Holzstäbchen zusammengetackert werden. Eine jahrhundertealte Sitte, schwärmen manche verträumt. In Wahrheit sind diese Dinger nichts anderes als nichtsnutzige Staubfänger.

Ganz schlimm geht es in den fränkischen Nebentälern zu, wo wir die Siedlungsreste mittelalterlicher Bergschatten-Einödgehöfte antreffen. Dort ist die Sprachentwicklung vor rund 500 Jahren zum Erliegen gekommen. Da werden nicht nur alle K's zu G's sondern auch alle V's zu W's. Dass an den Wortenden das »er« zum »a« verschlunzt, bedarf indes keiner besonderen Erwähnung, denn das ist mittlerweile deutschlandweiter Standard.

Dass sich die über vier Millionen lebenden Franken genau genommen auf Ober-, Mittel- und Unterfranken verteilen, ist in dem hier behandelten Kontext nicht von Belang, weil sich dieser Umstand sprachlich nur unerheblich auswirkt.

Neuere Theorien besagen im Übrigen, dass die Sprachkatastrophe, so lieblich sie aus dem Munde meiner Gattin auch klingen mag, ethnische und in letzter Konsequenz politische Hintergründe und Ursachen habe. Denn auf diese sinnfällige Weise wollten und wollen die Franken sich von den Bayern, die sich das ehemalige Herzogtum Anfang des 19. Jahrhunderts einverleibt hatten, auf listige Weise abgrenzen.

Die Bayern drohen deswegen jetzt mit Konsequenzen. Sie haben angekündigt, sich nicht länger auf der Nase herumtanzen zu lassen, sondern die eigenen sprachlichen Abartigkeiten in ihrer Kolonie per Gesetz vorschreiben lassen zu wollen. In Franken soll also nicht mehr »frängisch«, sondern nur noch beinhart »boarisch« gesprochen werden. Die Forderung einiger Landtagsabgeordneter aus der niederbayerischen Diaspora, bewaffnete Truppen in Bewegung zu setzen, die Aufständischen zur Räson zu bringen und Franken zu annektieren, scheiterte allerdings. Wie sich herausstellte, war den Hinterwäldlern und Schuhplattlern nicht bewusst, dass Bayern über keine eigene Armee mehr verfügt und Franken ja sowieso schon zu Bayern gehört.

Dem Stoiber-Nachfolger im Amt des Ministerpräsidenten, dem Franken Günter Beckstein, wurde im Verlauf der Diadochenkämpfe innerhalb der CSU das Versprechen abgepresst, dass er seinen Landsleuten in Dialektfragen übel in den Rücken fallen und die Verschärfung der Aussprachegesetze in Franken mit rabiaten Mitteln durchsetzen solle. Das bedeutet: Wer weiter »frängisch blabbert«, wird in den Kerker geworfen. Jene Gefängniskapazitäten, die früher für illegale Einwanderer und noch früher für deutsche RAF-Terroristen vorgehalten wurden, sollen nun für fränkische Sprachwiderständler genutzt werden. Um seine Mehrheit innerhalb der bayerischen Staatspartei CSU abzusichern, soll Beckstein eingewilligt haben.

Dabei haben sprachwissenschaftliche Langzeitstudien unzweideutig ergeben, dass solche Reglementierungen unverhältnismäßig sind. Auch in zahllosen Doktorarbeiten, die zu der Thematik allein in den letzten 60 Jahren verfasst worden sind, wurde wasserdicht nachgewiesen, dass das vielerorts belächelte »Einweichen« der

Konsonanten in erster Linie praktischen Erwägungen geschuldet ist. Es dient zur Reduzierung der Gefahr, dass dem Unterfranken bei einer »dembaramend«-vollen Faschingsrede die Zahnprothese 'rausschießt.

Hierbei wiederum spielt eine weitere landestypische Spezialität eine ausschlaggebende Rolle, der saure (neudeutsch: trockene) Frankenwein (neudeutsch: Bocksbeutel). Während des Genusses eines guten halben Dutzend Schöppchen überzieht sich der gesamte Gaumen- und Nasalbereich mit einer ziemlich unangenehmen Pelzschicht, die bewirkt, dass eine Artikulation nur noch mit mindestens drei Atmosphären Überdruck im Zäpfchenbereich möglich ist. Und das haut dem Sprecher schon mal das gesamte Elfenbein aus der Mundhöhle.

Sollte trotz alledem jemand den Wunsch verspüren, Unter-, Ober- oder Mittelfranke zu werden, sein fürderes Leben in einer zauberhaften Kulturlandschaft zwischen den atemberaubenden Bauwerken des Rokoko-Popstars Balthasar Neumann und denen des Gotteserahners Wolfgang Amadeus Mozart zu verbringen, die Abende in lauschigen Weinwirtschaften in der Lieblichkeit der Flusstäler zu vertändeln, so wird ihm nur eine geringe Qualifikationsleistung abverlangt. Der Aspirant muss weder ein Formular mit hirnrissigen Fragen ausfüllen noch droht ihm die Einbürgerungsinquisition wie in Baden-Württemberg.

Nein, der Kandidat ist lediglich angehalten, der Aufführung eines zweieinhalbstündigen Schwanks eines dörflichen Heimatbühnenvereins beizuwohnen. Wer dabei in mehr als 66 Prozent der Fälle an der richtigen Stelle lacht, ist, noch bevor er den Stadl verlassen hat, »als Frange fei voll anergannd und wird awäng ins Drachdenjaggerl gzwängt – gell …«

Plädoyer für eine neue Sylt-Architektur

Die Inselbevölkerung ist alles andere als eine verschworene Gemeinschaft. Im Gegenteil: Hier auf Sylt wird sich über jede Lappalie gezankt, sei es die Bepflanzung von Verkehrsinseln, innerstädtisches Möweneiersammeln oder der Farbanstrich neuer Toilettenhäuschen in den Dünen. Nur in einer Hinsicht sind die Sylter sich einig: In der Sorge um Geld und Gewinn! Schrecken verbreitet daher jede Meldung, wonach das nordfriesische Ferienparadies seine Anziehungskraft verliert, die Sommerfrischler sich abwenden und andere Urlaubsziele auskundschaften beziehungsweise direkt ansteuern. In dem Punkt herrscht Schulterschluss: Das darf um Himmelswillen nicht geschehen. Daran müssen die Deutschen gehindert werden, sie sollen ihre Marie gefälligst bei uns abliefern. Nur wie kriegen wir sie dazu? Tja, und an dem Punkt setzt dann wieder die übliche und bewährte Zwietracht ein.

In letzter Zeit scheint eine Erkenntnis unter den gewerbetreibenden Vermietern – und das sind auf Sylt laut statistischen Erhebungen immerhin 98 % der Bevölkerung, Greise und Kleinkinder mal nicht mitgezählt – mehr und mehr Konsens zu sein: Wir benötigen gewagte, bizarre und vor allem im Wortsinne herausragende Architektur. Bombastische Bauten locken Touris. Bestes Beispiel: Rantum, das Dubai von Sylt.

Strand, Dünen und Brandung, unberührte Natur und kitschige Sonnenuntergänge – alles schön und gut, aber damit ziehen wir die Wurst nicht mehr vom Teller. Das haben andere auch.

Eine erste saubere Idee diesbezüglich war die Seebrücke. Einen Kilometer sollte sie in die Nordsee hineingetrieben werden – Fernwehträume, aus Beton geboren. Am Ende des Betonstegs sollte mitten in der Nordsee ein Anleger für Kreuzfahrtschiffe entstehen, dazu ein Fischrestaurant, ein paar Klamotten- und Andenkenläden, also praktisch das Ensemble, das wir bereits am Lister Hafen antreffen.

Auf diese Weise, so dachten die Initiatoren, hätten wir Boltenhagen und Sellin, die Perlen Mecklenburg-Vorpolens, locker in die Tasche gesteckt. Die Seebrücken dort gelten als Publikumsmagneten, sind aber nur ein paar hundert Meter lang – paah! Eine Lachnummer.

Die Idee hatte im Grunde Format. Nur redet heute niemand mehr davon und keiner weiß, warum nicht längst die Betonmischmaschinen angerollt sind. Die Erklärung ist vergleichsweise simpel. Wir denken zu kleinkariert. Schon die Idee mit der Ladenzeile am Ende der Brücke fiel zu mickrig aus. Dort hätte ein anständiges Einkaufszentrum hingeklotzt gehört mit allem, was der durchschnittliche Mitteleuropäer heutzutage erwartet: Ein Ableger des Berliner KaDeWe als Basisstation, dazu die ganze Palette von Tchibo bis zu Deichmann, von McDonald bis H & M, von Aldi, Lidl und Douglas ganz zu schweigen.

Und auch die vorgesehenen Ausmaße reichten nicht. Ein Kilometer, tausend Meter, das ist einfach zu kurz. Nehmen wir nur mal die Golden Gate Bridge in San Francisco, die ist mehr als zweieinhalb Kilometer lang und mit ihren in die Wolken ragenden Tragepfeilern auch ein echter Hingucker. Unsere Seebrücke dagegen hatte gar nichts Monumentales, sondern eher etwas Verschämtes – am liebsten hätte man sie anscheinend unter Wasser gebaut, damit sie die öde Optik des Meeres nicht berühre.

Der Westerländer Seebrücke fehlte einfach der Prunk und vor allem dieses: die Option eines Weiterbaus rüber nach England. Solche Visionen lösen bei den Menschen etwas aus, setzen Fantasie frei. Das lockt, dann kommen die Schaulustigen in Scharen über den Hindenburgdamm und lassen die Kassen der Sylter Gewerbetreibenden klingeln.

Apropos Hindenburgdamm. Auch so ein Relikt, das einen nur noch traurig stimmen kann. Wie lange wollen wir den gepeinigten Autofahrern nebst ihren Familien eigentlich noch die ruckelige Bahnüberfahrt im Huckepackverfahren zumuten?

Zwei Fahrstreifen rechts, zwei links der Gleisstrecke sind doch in Nullkommanix aufgeschüttet (im Trend: geschredderte Austernschalen) und asphaltiert, und fertig ist die Rennpiste. Womit wir schon wieder im Visionären wären. Eine solche schnurgerade Strecke würde motorsportliche Veranstaltungen der Extraklasse ermöglichen. Wir müssten die Dammstraße nur ein paar hundert Meter Richtung Keitum verlängern, sie um Morsum herumschlängeln und auf der anderen Seite des Dorfs wieder zum Damm führen. Dasselbe auf der Festlandseite, wo ja außer ungenießbaren Salzwiesen sowieso nichts ist – und bumms, hätten wir einen fabelhaften Rennkurs. Und wir bräuchten nicht einmal die vorgeschriebenen Sicherheitsschleuderzonen. Wer sich versteuert und vom Kurs abkommt, der landet eben im Wasser. Ich sehe schon die prächtigen Fontänen. Wo auf dem Globus gibt's das sonst noch?

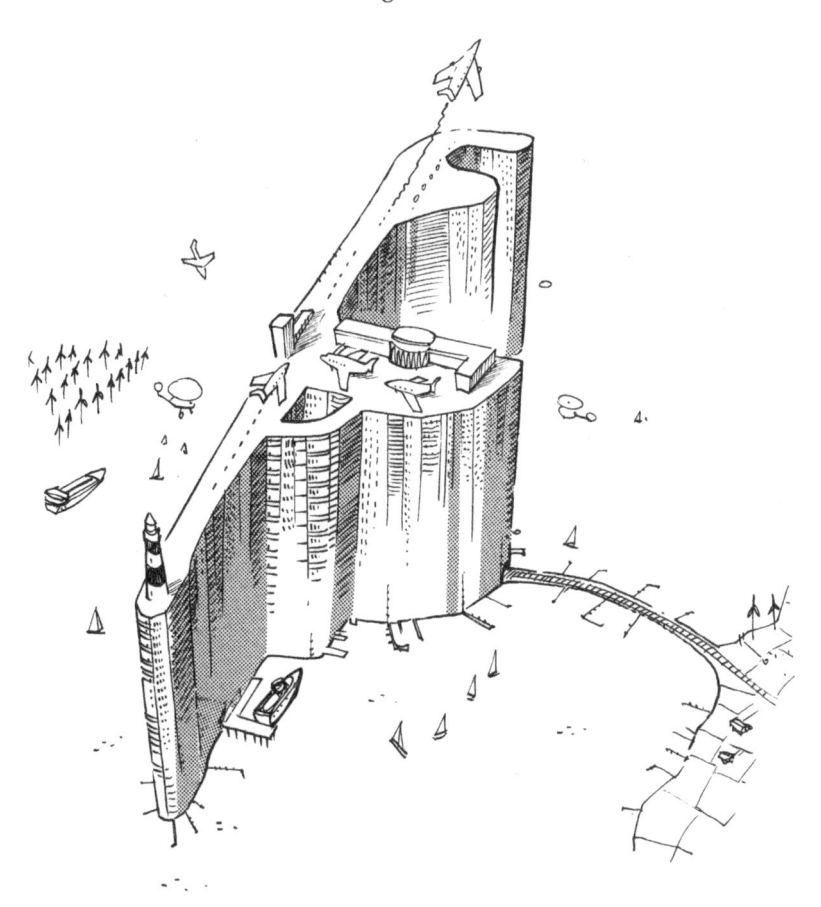

Gut, für die Formel 1 wird's nicht ganz reichen, aber die Veranstalter der Deutschen Tourenwagen Meisterschaft suchen händeringend nach neuen, attraktiven Etappen. Und auch das Thema Radrennen könnte sich neu stellen. Tour de France? Vielleicht nicht sofort, wir liegen ja auch nicht gerade längs des Weges von Paris in die Pyrenäen. Aber die Deutschland-Tour könnte hier losgehen, und dann durch die Mittelgebirge runter nach Bayern.

Jeder halbwegs gescheite Städtebauarchitekt weiß heute: Wahrzeichen sind gefragt, Gebäude als Sinnbilder von kultureller Würde, von Mut, Entschlossenheit und, ja, auch das: Potenz. Was sollen wir unter diesem Aspekt noch anfangen mit unseren piefigen Leuchttürmen in List, Kampen und Hörnum? Das ist doch finsterstes Mittelalter, die braucht doch keiner mehr. Oder glauben Sie, irgendein Kapitän richtet sich nach diesen Funzeln? Die Lichter warnen clevere Schiffsführer höchstens: Achtung, hier nicht die Öltanks durchspülen, es könnte eine Küstenwache auf Streife sein.

Was wir benötigen, ist der höchste Leuchtturm Europas, mindestens. Den klotzen wir mitten auf den Airport, damit die Piloten schon von Berlin, Bremen und Amsterdam aus sehen, wo sie hinmüssen.

Der muss in allen Farben blinken und Scheinwerferkegel in den Nachthimmel werfen. Überlegen Sie mal: Der höchste begehbare Holzturm Deutschlands ist der Aussichtsturm Blumenthal in Heiligengrabe. Mit seinen 45 Metern ist er wahrscheinlich sogar der höchste weltweit. Von einem höheren weiß man jedenfalls nichts. Und der steht in dem brandenburgischen Nest Heiligengrabe, im Landkreis Ostprignitz-Ruppin – wo bitteschön, liegt das denn? Da platzt doch jedes Navigerät. Die stechen wir doch aus, ohne hinzugucken. 45 Meter – das ist außerdem babyeierleicht zu übertreffen. Das ganze in der symbolischen Optik eines herkömmlichen Leuchtturms, gleichzeitig verwendbar als Flughafentower mit Aussichtsplattform, und unten am Fuß natürlich wieder ein pulsierendes Einkaufszentrum, mit Wind-, Wetter- und Regenschutzkleidung, hastig in chinesischen Kinderbergwerken zusammengetackert.

Ich sag's Euch, Leute. Es ist nicht schwer, die Konkurrenz platt zu machen. Wir müssen nur in größeren Dimensionen denken. Unsere tutigen Promenaden, auf der die Schnabeltassengeneration hin und her schlurft, und diese ganze kleinbürgerliche Reetdachromantik, das reicht einfach nicht. So kommen wir nicht mehr mit, so bremsen die Konkurrenten uns erst aus und ziehen anschließend davon.

Ich höre schon die hasenfüßigen Einwände der Naturschützer. Ach, herrjeh: Es ist doch nicht so, dass Sylt für solche architektonische Gigantomanie zu klein wäre. Fahren Sie doch mal über unsere Goldstaubinsel und lassen Sie den Blick schweifen: Überall Freiflächen ohne Ende. Da lässt sich noch einiges zubetonieren. Wir müssen nur mal über unseren Schatten springen und unsere Kleinmütigkeit überwinden. Dann klingeln auch die Kassen, und das ist schließlich immer noch das Heiligste auf Sylt.

Technikfreaks

Also, ich find's doof, wenn Menschen damit kokettieren, dass sie technikblöd sind. Wenn sie stolz berichten, dass sie unfähig seien, ihren Videorecorder zu programmieren, oder lachend erzählen, dass sie mal wieder am Fahrkartenautomaten gescheitert sind. Einige klagen sogar über die angeblich kryptische Technik von Geldautomaten, die mitunter nicht die angeforderten Scheine rausschöben. Dabei denkt sofort jeder, der sie reden hört, dass nicht die Mechanik versagte, sondern der Mensch davor. Vielleicht gibt es aber inzwischen auch schon »intelligente« Geldautomaten, die den Dienst verweigern, wenn sie eine unangemessen luxuriöse Lebensführung des Kunden wittern ...

Jeder weiß, dass die Beschleunigung eines Kraftfahrzeuges auf über 200 Stundenkilometer lediglich eines Bleifußes und keines virtuosen Intellektes bedarf. Das nächtliche Durchzappen der mannigfaltigen Unterschichtenfernsehprogramme gelingt sogar dem, der sich sein Hirn schon kaputtgesoffen hat.

Technisches Talent ist schon eher gefordert, wenn man sich eine Freisprechanlage mit Sprachwahl ins Auto hat schrauben lassen und diese Technikprothese dann nutzt. Beschäftigt man sich eine Weile mit den Möglichkeiten der neuen Technik, kommt man auf faszinierende Ideen. So ist es mir als meines Wissens Erstem weltweit gelungen, die Stimme meiner Freispreche mit der ausgesprochen wohlklingenden Stimme meines »mobilen Navigationssystems« im Dialog plaudern zu lassen, ja, ich schaffte es sogar, Emotionen und Unbeherrschtheiten zu stimulieren. Lassen Sie mich erzählen, was geschah.

Zur Maienzeit fuhr ich einst durch die zauberhafte Landschaft Ostholsteins. Mein Navi leitete mich kenntnisreich durch pittoreske Städtchen und in Schönheit versunkene Dörfer, vorbei an Seen, Knicks und Rapsfeldern. Da ergab sich die Notwendigkeit, ein dringendes Telefonat zu führen, und ich weckte meine schlummernde Mobiltechnik mit der stimmkräftigen Aufforderung: »*Bitte wählen!*« Nach der kecken Gegenrede »*Die Nummer bitte*« wollte ich gerade die Zahlenkombination aufsagen, da fiel mir das hellwache Navi mit der Aufforderung »*Bei nächster Gelegenheit bitte links abbiegen*« ins Wort. Meine halbgebildete Freispreche jedoch meinte nun, das sei ich, ihr Meister, der da sprach und interpretierte das Tätigkeitswort »abbiegen« als Einwählaufforderung, machte daraus »*acht, sieben*« und hob an, eine entsprechende Verbindung herzustellen.

Ich kapierte natürlich sofort, dass da gerade zwei Sprachcomputer im Begriffe waren, sich rettungslos zu verheddern und rief entsetzt dazwischen: »*Abbruch! Abbruch!*«, was die Tussie mit den tauben Ohren in meinem Telefon als »*acht acht*« bestätigte, um wiederum mit Penetranz und technischer Kälte den Wählvorgang zu starten.

Es dauerte einige Sekunden, bis mir klar wurde, dass dieser Vorgang, dem beizuwohnen ich das Glück hatte, eine Zäsur für die gesamte Menschheit war: Zum erstenmal überhaupt gelang es zwei Sprachrobotern, durch ein wirres Streitgespräch untereinander einen Fahrzeugführer mit ungebremsten achtzig Stundenkilometern in den Plöner See rasen zu lassen. Jedenfalls beinahe.

Dass technisches Genie auch in meiner Großfamilie schlummert, ist mir mal ebenso eindrucksvoll wie unbeabsichtigt demonstriert worden, und zwar auf folgende Weise: Das Kniegelenk von Tante Else war schon seit Jahren malade. Moderne Endoskopie sollte nun den Weg zu Linderung und Heilung öffnen. Alles, was die Miniaturkamera aus den Tiefen des morschen Scharniers berichtete, wurde aufgezeichnet, dokumentiert, um es dann bei Familienfesten begleitet von klebrigen Eierlikörorgien den ungläubig staunenden Neffen und Nichten vorzuführen.

Der Erfolg war derart groß, dass der Familienrat beschloss, die Vorführung bei der Silberhochzeit von Tante Else und Onkel Heinrich zu wiederholen und dem Fest so einen cineastischen Höhepunkt zu schenken. Das alles geschah zu einer Zeit, da Videorecorder noch längst nicht jedermanns Sache waren. Also wurde Onkel Walter aus Hamburg gebeten, sein Bildaufzeichnungs- und -abspielgerät mitzubringen.

Durch Infiltration großer Mengen Kirschlikör, Bommi mit Pflaume sowie Lüneburger Kronenpils wurde die Stimmung im Familienclan immer lockerer und man schaute grob scherzend dabei zu, wie Onkel Walter, diplomierter Ingenieur und beharrlicher Junggeselle, hinter der Fernsehtruhe kniend seinen altertümlichen Recorder mit Lüsterklemmen und Isolierband abspielfähig zu machen bemüht war. Vor der Mattscheibe lümmelten drei Generationen im Neo-Biedermeier, bereit, sich am angekündigten Knorpelmassaker im Körper einer Verwandten schaurig zu ergötzen. Tante Else gab erste Erläuterungen aus Sicht einer leicht sedierten Patientin – damals, am »Set«, durch Lachgas, jetzt, im »Pantoffeltheater«, durch Weingeist.

Völlig unerwartet belebte sich plötzlich der Bildschirm: Rhythmische Bewegungen, schweinerosa Menschenfleisch, bebende Busen und glitschige Körpersäfte – die Familie begaffte mit offenen Mündern die bewegten Bilder. Doch was da ablief, war nicht die erwartete Kriegsberichterstattung aus dem Kniegelenk der Tante, nein, es war ein Pornovideo, das ungehemmt und detailgenau die Lust und Freude am Menschsein darstellte. Onkel Walter hatte es schlicht im Gerät vergessen, als er zuhause einpackte.

Der Filmvorführer spürte an den Reaktionen des Publikums, dass seine Installation gelungen war, und kroch aus seinem Kabelgewirr hervor. Als Onkel Walter zu seinem Entsetzen sah, dass auf der Mattscheibe die Post abging, riss er flugs den Stecker aus der Wand und tauschte mit fliegenden Fingern und roten Ohren die Kassetten um. Im Wohnzimmer mischten sich erregtes Schweigen und leises Gekicher. Dann wandte Onkel Heinrich sich seiner Frau Else zu und fragte mit bebender Stimme: »Sach mal, das da warst du doch nicht eben?«

Es wurde dann die lustigste Silberhochzeit aller Zeiten und Tante Else, die das alles nicht so schnell überrissen hatte, ist noch heute der Ansicht, dass der Typ mit den großen Augen und den geschmeidigen Bewegungen der nette Assistenzarzt aus der Chirurgie war. Nur was der nackt in ihrem Knievideo verloren hatte, das ist ihr bis heute nicht klar.

Dass gekonnter Umgang mit der Technik den Menschen ungehemmten Spaß bereiten kann, habe ich vor vielen Jahren im Westerländer Kursaal erleben dürfen. Die Freude über ein volles Haus und ein dankbares Publikum wurde dadurch getrübt, dass immer mal wieder technische Störungen – sogenannte Interferenzen – den Ablauf störten: Vom nahen Fernsehturm abgestrahlte Rundfunksendesignale schlüpften in mein Funkmikrofon und purzelten frech aus meinen Lautsprechern. Das beeinträchtigte den Hörgenuss natürlich gewaltig.

Doch mein Tontechniker, nennen wir ihn einfach mal Heinz, war ja nicht blöd. Er hatte ein Hochleistungs-Stativ-Kabelmikrofon vorbereitet, das wir bauernschlau hinter dem Bühnenvorhang verbargen.

Die Show begann. Ich kasperte mich wacker und unfallfrei durch die ersten zwanzig Minuten, bis auf einmal wieder – wie ein

Springteufel – Radiogeplärre durch den Kursaal quakte und der mit dramaturgischem Genie gebastelte Spannungsbogen schlagartig zusammenbrach. Wie eine Erektion im kalten Wasserstrahl. Das Volk im Saal zeigte sich durch die Störungen irritiert, die Aufmerksamkeit zerbröselte und flanierte durch Zeit und Raum. Es half alles nichts, wir mussten Plan B aktivieren. Mit einem souveränen Lächeln zerrte ich das Stativ mit dem Notmikro hinter dem schweren Textil hervor, um mein Pointenfeuerwerk tonverstärkt abzubrennen.

Doch Ach und Weh: Erneut nur Versagen und Scheitern – das Ersatzmikrofon verweigerte den Dienst. Was eine Sternstunde deutscher Comedy hatte werden sollen, drohte als Dorfklamauk zu enden. Die Fans wandten sich von mir ab und wühlten im Handgepäck nach faulen Eiern und weichen Tomaten.

Techniker Heinz, der wie ein Monolith in der Regiekabine über uns schwebte, forderte mich über Lautsprecheranlage auf, das Mikrofonkabel zu entstöpseln und die Steckdose auf der anderen Bühnenseite zu benutzen. Flugs folgte ich dem Kabel bis in die Finsternis des Bühnenrandes, riss das Luder aus der Wand und erschien – das Kabelende in der Hand – wieder auf der Bühne und glotzte mit wenig intelligentem Gesichtsausdruck zur Regie hoch. Das Publikum jedoch, gerade noch mit Renitenz und Randale beschäftigt, jubelte ob dieser scheinbar professionellen Slapstickeinlage. Mir ging es aber nicht um einen Gag, sondern um Fehlerbehebung. Mit dem Kabelende wackelnd fragte ich Richtung Technik: »Und watt nu?« Worauf Heinz rüde befahl: »Steck das Ding da links in die Dose, du Depp!« Also dackelte ich in gebeugter Haltung zum anderen Bühnenrand und suchte im Halbdunkel die zwölf Millimeter große Steckdose.

Die Menschen im Saal waren total überrascht, für das geringe Eintrittsgeld eine solch perfekt inszenierte Pantomime und Slapstickshow geboten zu bekommen. Sie gerieten nun völlig außer Rand und Band, stellten sich auf die Stühle, jubelten, nässten sich haltlos ein, währenddessen ich auf Knien über den Bühnenboden rutschte und das Kabeldöschen suchte. Heinz dirigierte per Lautsprecher: »Links, weiter links, nein recht, mehr rechts – jetzt mehr weiter unten oder so! Ach, lass mal, das wird nix – ich komm' runter.«

Die Strukturen im Saal hatten sich mittlerweile aufgelöst. Die Menschen lagen übereinander, von Lachattacken entkräftet, und schnappten nach Luft wie Fische an Land. Tontechniker Heinz, der damals ein Kampfgewicht von ungefähr 220 Kilogramm auf die Waage brachte, war für einen Auftritt vor Publikum nicht unbedingt passend gekleidet, sagen wir mal, er war eher »underdressed«.

Eine Hose von der Größe eines Dreimannzeltes wurde von lachsfarbenen Hosenträgern gegen die Urgewalt der Schwerkraft auf Höhe gehalten. Tigerkarofarbene Pantoffel rundeten das gruselige Bild nach unten ab.

Mit dem Tempo eines abschmelzenden Alpengletschers dampfte er über die Bühne und stöpselte das Kabel um. Dann watschelte er grummelnd wieder zurück durch den Saal voller Menschen und schnaufte die acht Treppen hoch in sein Technikkabuff.

Dieser weitere Höhepunkt unserer Improvisationsshow ließ das Auditorium nun komplett durchknallen. Namentlich die Frauen waren von ihren Männern nicht mehr zu bändigen. Sie rissen sich die Dessous von Leib und schleuderten sie auf die Bühne, andere wiederum trommelten mit den Fäusten gegen die Scheibe des Regieraumes und boten sich Heinz für Minnedienste und andere Unaussprechlichkeiten an.

Trotzdem haben wir den Abend dann noch einigermaßen ordnungsgemäß zu Ende gebracht und dabei gelernt: Wenn die Technik so funktioniert wie sie soll, dann ist es gut. Aber wenn nicht, dann ist es manchmal noch viel besser ...

Auch der Herbst hat schöne Tage

Die Statistik sagt den deutschen Männern, dass sie höchstwahrscheinlich so um und bei 79 Jahre alt werden, mit leicht steigender Tendenz. Diese Zielvorgabe ist gut vier Jahre niedriger als bei den Frauen, die sich seit Beginn solcher Aufzeichnungen einfach als widerstandsfähiger erwiesen haben. Bei uns Männern brennt die Kerze schneller, weil wir intensiver leben. Da wird schon mal ein Porsche um den Chausseebaum gewickelt oder zentrale Blutgefäße durch großzügig dosierte Viagra-Einnahme zum Bersten gebracht. Und manch ein Kerl schaut ungerührt zu, wie sich seine Leber um den Verstand säuft. Solche Biografieverkürzungen machen es unseren Statistikern unnötig schwer. Sie müssen ohnehin die abwegigsten Einflussfaktoren berücksichtigen ...

So scheut der Mann den vorsorgenden Arztbesuch. Dass ihm Finger, Schläuche und Rohre in die unterschiedlichsten Körperöffnungen geschoben werden, empfindet er als persönliche Entehrung. Den Besuch einer Arztpraxis akzeptiert ein richtiger Mann nur im Liegendtransport, niedergestreckt durch eine anständige Platz-, Schnitt- oder Schusswunde. Nicht nur, aber ganz besonders südlich der Mainlinie treffen auch Traumatisierungen durch enthemmte Hingabe an »König Alkohol« auf erheblichen Respekt in der Bevölkerung.

Geächtet werden hingegen Männer, die dreimal durch die Führerscheinprüfung gerasselt sind und ihr anschließendes Leben ohne Automobil mit einer Hinwendung zu naturnahen, ökologischen Lebensweisen begründen. Auch studierte Biologen, die nie in den Genuss einer Festanstellung gerieten und sich stattdessen durch öde Theorievorträge bei Wattwanderungen den Lebensunterhalt verdienen, oder Angehörige obskurer Nischenreligionen, die ihr Glück durch irdische Lust- und Freudlosigkeit erringen wollen, kommen bei Volksstämmen nicht an, die vom Mann Virilität, Furchtlosigkeit und einen gepflegten rechten Haken erwarten. Prachtexemplare, die im Stile von Johannes Heesters quasi dreistellig in die Zielgerade einbiegen, werden höhnisch belächelt.

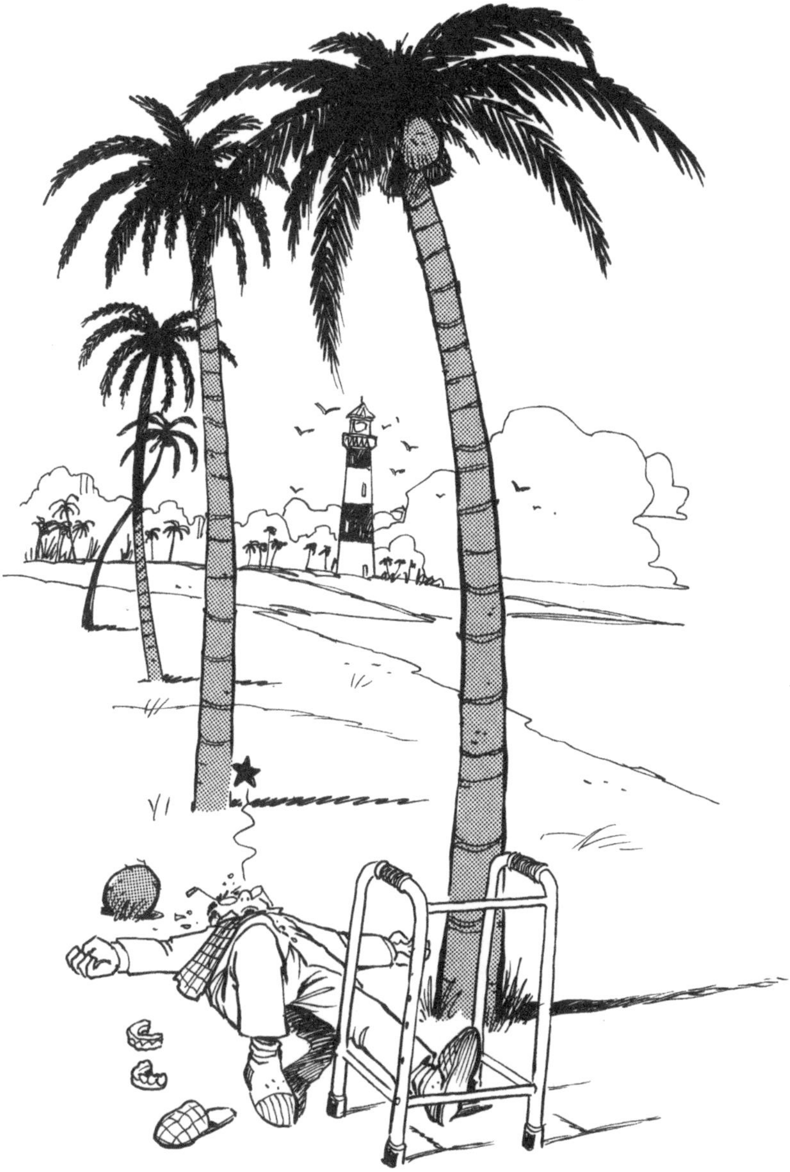

Dass Frauen im Schnitt später abtreten als Männer, wird vielfach mit deren Aufgeschlossenheit alternativen Naturheilmethoden gegenüber begründet. Aber mal ehrlich, eine Lebensverlängerung durch den Genuss von Eigenurin – die oft gelobte Mittelstrahltherapie – empfindet ein kerniger, meerluftgegerbter Sylter Mann als ebenso absurd wie eine ayurvedische Darmspülung mit warmem Olivenöl. Dann doch lieber neunundsiebzig und tschüss, das war's.

Manchmal, wenn ich mich schwächlich und trübselig fühle, schaue ich selbst auch mal nach vorne und produziere bunte Kopfbilder, wie es wohl aussehen wird, wenn ich hoch betagt und lebensklug meine Zeitreise beende. Urenkelkinder, träume ich dann, schleppen jeden Sonntag bunte, eigenhändig gemalte Bilder an, der Zivi kommt einmal die Woche zum Plaudern ins Haus, und die slowenische Altenpflegerin steckt mir einen selbstgebrannten Obstler zu, den sie aus dem Heimaturlaub mitgebracht hat. Jeder meiner Geburtstage wird in der Zeitung Tage vorher angekündigt. Die Bürgermeisterin besucht mich mit Gefolge und wir schludern ein wenig über vergangene Zeiten.

Die Hausverwaltung hat einen Lift ins Treppenhaus montiert, damit ich verschleiß- und unfallfrei vor die Haustür karriolen kann. Trotzdem ist der Terminkalender voll mit Eintragungen. Eine ruhige Kugel im Alter schieben? Das wird ja wohl nix.

Jeden Morgen wache ich um halb fünf auf. Das ist typisch für Senioren, die benötigen einfach verschwindend wenig Schlaf. Sie horchen in sich hinein und stellen fest: Die Gelenke schmerzen – also lebe ich noch. Zum Frühstück wird Zeitung gelesen, und zwar in einer festgelegten Abfolge: Erst die Todesanzeigen, dann Wetter und Insolvenzen und zum Schluss das ZDF-Programm. Alte Menschen sehen nur noch ZDF, weil vor den Nachrichten mit anschließender Rosemarie-Pilcher-Episoden-Verfilmung immer die lebenslustige Arzneimittel-Reklame ausgestrahlt wird. Solche Werbeclips sieht der greise Mensch für sein Leben gern.

Zweimal pro Woche wate ich beim Aqua-Jogging über den Beckenboden in der »Sylter Welle«. Es folgen Sondertermine wie etwa eine Visite beim Akustiker, der dringend die Starkstrombatterie in meinem Hightech-Hörgerät auswechseln muss.

Doch mit solchen Kinkerlitzchen ist es beileibe nicht getan. Schließlich gelte ich zumindest auf Sylt als Intellektueller, dessen Urteil gefragt ist und der immer wieder darum gebeten wird, sein Wissen und seine Weisheit der Nachwelt und dem Nachwuchs weiterzugeben.

Im Archsumer Elite-Gymnasium für Sprösslinge des gewöhnlichen und des Finanzadels halte ich daher als Fachreferent den Leistungskurs »Augenzeugen der Zeitgeschichte« ab und berichte den ungläubig staunenden Oberprimanern, dass früher einmal zwischen Westerland und Rantum ein unbebautes Naturschutzgebiet lag.

Die Nachmittage verbringe ich oft beim Notar. Das Schöne am Alter ist ja unter anderem, dass du dich mit deinen Kindern im Zweifelsfalle nicht mehr lange herumstreiten musst. Du sitzt am längeren Hebel. Wenn sie dir quer kommen, stufst du sie aufs Pflichtteil runter – und Ende der Diskussion!

Wer die 100 voll hat, muss es freilich hinnehmen, dass an jedem Geburtstag merkwürdige Kontrollbesucher auftauchen, beispielsweise ein Außenbeamter der Deutschen Rentenversicherung. In ihrer hoffnungslosen Unterfinanzierung hoffen die, dass es sich bei dem Methusalem in Wahrheit um einen Zahlendreher oder eine Computerpanne handelt. Rentenversicherer kennen den demografischen Faktor nur als Theorie beziehungsweise als mathematische Formel und staunen, wenn so ein zählebiger Rentenfall Eierlikör schlabbernd leibhaftig vor ihnen sitzt und von Kaisers Geburtstagen erzählt.

Aus all diesen Gründen schaue ich dem Alter extrem entspannt, gelassen und mit unverhohlener Freude entgegen. Auf Sylt werde ich mich geborgen fühlen. Im Gegensatz zu Mallorca oder Ibiza gibt es hier keine herummarodierenden Hooliganhorden oder tumbe Rapper oder zappelige Hip-Hopper, die noch dazu von ihren Drogenberatern und Bewährungshelfern verfolgt werden.

Nein, die Bewohner unserer nordfriesischen Insel zeichnen sich mehrheitlich durch reiche Lebenserfahrung aus. Aus den Jahren, in denen ein Sixpack ihr ständiger Begleiter war, sind sie 'raus, sie schlendern Richtung Schnabeltasse.

Übrigens, um mal kurz das Thema zu wechseln: Die versprochenen Klimaveränderungen werden der Lebensqualität auf Sylt ohne jeden Zweifel zugute kommen. Es wird wärmer, und es wird seltener regnen. Gut, die dann allerorten von herumschwankenden Palmen herabstürzenden Kokosnüsse könnten den einen oder anderen Greis unangespitzt in die Erde rammen. Aber das sind eben typische Kollateralschäden, die nicht selten dann auftreten, wenn demografischer Wandel und Meteorologie aufeinander prallen.

Außerdem bewirkt das gleichzeitige Abschmelzen der Polkappen, das ja bereits begonnen hat und erfreulich zügig fortschreitet, bei Flut einen deutlich höheren Wasserstand als wir ihn heute kennen. Hasenfüßige Mitbürger mögen diese Wandlungen fürchten, mir bereitet der Gedanke daran schon heute höchstes Vergnügen. Denn dadurch bekomme ich schneller Wasser unter den Kiel, kann mit meinem Boot früher auslaufen und auch länger auf See bleiben.

Ach ja, und Sorgen wegen der knapper werdenden fossilen Energieträger plagen mich mit Blick auf die nächsten dreißig Jahre ebenfalls nicht: Mein Bootsmotor hat sich als Allesfresser erwiesen. Der wandelt sogar Hustensaft und Rheumamittel in Antriebskraft um. Und die Kosten übernimmt meine neue private Krankenkasse. Das hat die Vertreterin, die mir heute Nachmittag die Police angedreht hat, jedenfalls ganz fest versprochen ...

Der mit dem Knallfrosch tanzt

Die Weihnachtszeit könnte so schön sein. Die Familie sitzt harmonisch daheim im urgemütlichen Wohnzimmer, zündet übermütig eine Kerze an, alle nippen an ihren Gläschen perlenden Champagners, mundgerüttelt von französischen Mönchen, aus edlen Gläsern, fußgeblasen von korsischen Bergbauern, und knabbern an Lebkuchen, handgebacken von anthroposophischen Lehrersgattinnen. Dabei dialogisieren wir ein wenig über unseren Herzenswunsch, dass die Mitmenschlichkeit die soziale Eiseskälte besiegen möge. Tags darauf streben wir Richtung Gotteshaus, um uns in das warme Endorphinbad des Weihnachtsoratoriums fallen zu lassen. Und wenn dann das »Jauchzet und frohlocket!« mit Pauken und Trompeten durch das morsche Gebälk von St. Nicolai donnert, klingeln allen vor Glück die Ohren.

Es sind jetzt nur noch zehn Tage. Dann ist der schräge Zauber endlich vorbei. Seien wir doch ehrlich, die Weihnachtsfeiertage sind längst entartet zum schmalzigsten Musikantenstadl im Jahreskalender.

Ich habe nichts gegen Rituale. Sie wirken wie Korsettstangen im grauen Alltag des Lebens. Rituale weisen den rechten Kurs – quasi wie Priggen dem Segler im Wattenmeer. Aber die Weihnachtsrituale sind heute ja total aus dem Ruder gelaufen. Beispiel diese Herumschenkerei, aktiv wie passiv. Wenn ich mir vorstelle, dass die Katastrophengebiete im Kaschmir nicht mehr versorgt werden können, weil die dafür erforderlichen russischen Großraumflugzeuge vorrangig Flachbildschirme, Spielekonsolen und Klingeltöne aus Asien nach Europa wuchten, bleibt mir das »Ohwielacht« beim Singen im Halse stecken.

Und wenn ich am Heiligen Abend so ein sperriges Geschenkpaket überreicht bekomme, muss ich immer voll überrascht tun, obwohl ich auf meiner Kreditkartenabrechnung das drohende Unheil doch schon längst habe hereinbrechen sehen. Trotzdem soll ich Freude heucheln, beim Auspacken die widerstandsfähigsten Knoten geduldig entwirren, wiewohl ich den ganzen Krempel viel lieber mit meinem Schweizer Offiziersmesser auseinanderfetzen möchte. Und anschließend wird erwartet, dass ich dem Schenkenden etwas derart Liebes hinsäusele, dass sich ihm die Augen einnässen.

Doch die Wahrheit lautet: 90 Prozent der Weihnachtsgeschenke floppen. Das ist Fakt. Jeder weiß das, aber niemand gibt es zu. Schaut doch mal Anfang Januar in die Grüne Tonne: Da liegt der ganze, von Elke Heidenreich empfohlene, Bücherschrott noch in Folie und natürlich ungelesen.

Damit der weihnachtliche Geschenkemüll, der in irgendwelchen chinesischen Kinderbergwerken zusammengetackert worden ist, auch künftig termingerecht nach Europa containert werden kann, müssen vor Hamburg Naturschutzgebiete zubetoniert werden, weil sonst nicht genügend Kaifläche für die Entladung des Plastikplunders zur Verfügung stünde.

Was die Deutschen jedes Jahr an intellektuellen Ressourcen vergeuden, wenn sie ihre Weihnachtsüberraschungen ausbrüten, ist unentschuldbar. Dieselbe Menge Gehirnschmalz würde, in Ingenieursleistungen umkalibriert, für mindestens drei Nobelpreise reichen.

Oma und Opa, unverdorben von derlei Auswüchsen, stecken ihren Enkelkindern einfach Bargeld zu. Früher wurden sie dafür mit einem Blockflötenkonzert bestraft. Heute revanchiert die Erbengeneration sich, indem sie Oma eine E-Mail-Adresse einrichtet und für Opa fix den Festplattenrecorder programmiert.

Nebenbei noch schnell ein Wort zum absoluten Getränkerenner dieser Tage, dem Glühwein, einem benebelnden Medium, das die Feiertage immer wieder in Schieflage bringt. Ich empfehle eigene Herstellung, und zwar so: Roter Traubensaft von einer Qualität, dass er eigentlich in den Kavernen Gorlebens endgelagert werden müsste, wird mit Rübenrohzucker versetzt und per Tauchsieder zu einem nordischen Heißgetränk verschnitten, das jeden Konsumenten unweigerlich in rasenden Kopfschmerz treibt. Würde Glühwein geächtet, womöglich sogar verboten, die statistische Lebenserwartung allein der Sylter schnellte blitzartig um zwei, drei Jahre in die Höhe.

Was für Leber und Kopf der Glühwein ist, stellt für die Augen das Weihnachtsbaden in der Nordsee dar. Nur anderthalb Stunden, nachdem sich die Familie um die knusprig gebratenen Gänsekeulen gezankt hat, stehen alle am Zentralstrand, um sich die von der Westerländer Kurverwaltung inszenierte Cellulitisleistungsshow anzutun. Die Ausstellung »Körperwelten« auf Betriebsausflug!

Stets habe ich mich gewundert, dass die Teilnehmerzahl über die Jahre ständig wuchs. Jetzt kam heraus, dass der Interessenverband Deutscher Exhibitionisten das Westerländer Weihnachtsschwimmen heimlich für seine Jahreshauptversammlung nutzt. Ein perfides Vorgehen.

Und dann Silvester – ich hasse dieses Zwangsfest. Dabei hatten die klugen Kalendermacher den Jahreswechsel absichtsvoll in die tiefe Nacht verlegt, damit es keiner merken möge. Gute Idee. Doch was ist passiert? Irgendein Depp hat es gepeilt und allen anderen erzählt. Ergebnis: Jetzt müssen wir feiern, ob wir wollen oder nicht.

Spätabends, zu nachtschlafener Zeit brechen wir, eine Plastiktüte mit quietschsaurem Sekt im Schlepptau, auf Richtung Friedrichstraße und Promenade, um dort wildfremde Personen abzuknutschen und jedem hergelaufenen Sackgesicht ein gutes neues Jahr zu wünschen. Und wenn es ganz dumm läuft, dann dürfen wir auch noch mit oder auf einem explodierenden Knallfrosch tanzen.

Es ist ein Tun und Handeln ohne Würde, abscheulich für Menschen, die eine abendländische Bildung genossen haben. Ich beobachte ohnehin voller Sorge in unserer Gesellschaft eine Veränderung hin zur Leichtlebigkeit. Dieser rheinisch-katholische Positivismus stellt sich unserer Schwermut immer häufiger in den Weg. Wir magenfaltigen Erfinder des Sodbrennens geraten zunehmend in die Defensive.

Schuld an der verfahrenen Situation ist übrigens mal wieder die Politik. Besser wäre es nämlich gewesen, wenn man statt des Bußtages Weihnachten als Feiertag geknickt hätte. Für mich war der Bußtag immer der schönste Tag im Jahr. Mensch, was habe ich gebüßt! Eingeknickt wie ein ausgeleierter Zollstock bin ich demütig unter dem Teppich durchgekrochen, habe vor reuiger Wut über meine charakterlichen Mängel in die Fußleiste gebissen, habe gezagt und gezweifelt.

Für mich gab es nichts Schöneres, als den Bußtag mit einer anständigen, therapieresistenten Depression ausklingen zu lassen. Das hatte noch Art, so richtig norddeutsch-evangelisch-protestantisch.

Selbstverständlich könnte man sich auch zum Bußtag, fiele Weihnachten weg, Geschenke überreichen. Allerdings dem Anlass und der Würde des Tages entsprechend. Ich zum Beispiel würde mich sehr freuen über die schärfsten Kracher Elfriede Jelineks, jener widerborstigen Nobelpreisgeehrten aus der frechen Alpenrepublik. Sollte nach der Jelinek-Lektüre immer noch ein Fünkchen gute Laune in mir glimmen, würde ich mir das Video mit Harold Pinters Dankesrede für seinen Literatur-Nobelpreis reinziehen. Wer das übersteht – mein Wort drauf – wird sowieso nie wieder Weihnachten feiern wollen ...

It's Partytime

Es zählt zu den Vorzügen meines Jobs, dass ich viel herumkomme. Ob unmittelbar auf Sylt, auf anderen Inseln oder auf dem Festland, mein Aktionsradius ist mit den Jahren ständig gewachsen, ja, ich kann ohne Übertreibung behaupten, inzwischen weltweit zu agieren. Von überallher erreichen mich Anrufe, Faxe, E-Mails, alle ähnlichen Inhalts: Ich möge doch zu diesem oder jenem gesellschaftlichen Ereignis kommen, um dort die eine oder andere Episode von unserer Goldstaubinsel vorzutragen. Und so wie der liebe Gott die Menschen sehr unterschiedlich zusammengebastelt hat, so gleicht natürlich auch kein feines Fest dem anderen.

Eine auf Sylt weltberühmte Geschmeidehändlerin etwa feierte in Kampen vor einigen Jahren einen unvergesslichen Geburtstag. Das geschah – ihrem gesellschaftlichen Ranking entsprechend – in einer absolut angesagten Location am Strönwai.

Die Gästeliste war von Rang, viel Elbchaussee, eine Prise Bogenhausen, Potsdamer Prominenz war vertreten ebenso wie Angeber mit Wohnsitz Taunus-Südhanglage, alles garniert mit ein paar prallen Möpsen aus den Vorabendserien des Privatfernsehens.

Entsprechend fielen die Dialoge aus. Die Anwesenden achteten auf Niveau, auf Esprit, ja, die Konversationen zwischen den Menuegängen hätten ohne Abstriche in der FAZ oder im Handelsblatt gedruckt werden können. Kurz vor Mitternacht, ich sollte dem Edelvolk gerade zum zweiten Mal zum Fraße vorgeworfen werden, funkte ein Bombenalarm dazwischen. Ein Drohanruf sei eingegangen, hieß es.

Die einen reagierten aufgeregt, andere mit hanseatischer Lässigkeit respektive Galgenhumor: »Wenn hier alles in die Luft fliegt, geht dann auch mein Handicap mit hoch, hahaha?«

Kurz darauf traf das mobile Einsatzkommando in Form zweier Bäderpolizisten ein. Die beiden Witzfiguren ordneten entschlossen eine umgehende Räumung des Lokals an. Nun ergab es sich, dass zur Gästeschar eine sogenannte Promiwirtin gehörte, deren Lokal auf der Meile quasi vis-à-vis lag. Sie erbot sich ebenso spontan wie hinterlistig, den in Cashmereklamotten gewandeten und mit Klunkern behängten Bombenbedrohten Asyl zu gewähren. Also zog die ganze Pfeffersackbande los und zechte in der Notunterkunft fröhlich weiter.

Nicht mal eine Stunde später war die Gefahr beseitigt – ob ein Sprengsatz entschärft oder keiner gefunden worden war, verrieten die Schutzmänner nicht –, alle saßen wieder auf ihren angestammten Plätzen und dienstbare Geister schleppten das Dessert herein. Selbstverständlich drehten sich die Tischgespräche fortan nur noch um dieses Aufsehen erregende Ereignis, und das lapidare Geburtstagsfest war dadurch unversehens zum erstrangigen Event aufgestiegen, über das noch lange Zeit geredet werden würde. Von den Presseberichten ganz zu schweigen.

Kürzlich nun begegnete ich der charmanten Gastgeberin von damals. Wir plauderten ein wenig über Belanglosigkeiten, ehe wir auf dieses Bomben-Fest zu sprechen kamen. Ich erinnerte daran, welch großes Glück es gewesen sei, dass der Gesellschaft so spontan eine warme, freundliche Ersatzbehausung angeboten worden war, während die Hilfssheriffs ihrer gefährlichen Arbeit nachgingen.

Da lächelte mich die rheinische Kauffrau leicht gequält an und erwiderte: »Gastfreundlich schon, aber die Rechnung, die mir für die wärmenden Getränke meiner Festflüchtlinge präsentiert wurde, war bald höher als die für die gesamte Party!«

Was lernen wir daraus? Geschäfte lassen sich auf Sylt auf vielfältige Weise machen. Nur die Frage, wer denn hier den Bombenalarm ausgelöst haben mag, muss wohl neu diskutiert werden.

Eine andere Masche besteht darin, eine Veranstaltung durch raffiniertes Name-Dropping in die Klatschspalten der Boulevardpresse zu katapultieren. Problematisch wird es nur, wenn die Protagonisten dann nicht kommen.

So sollte auf dem schönsten Kreuzfahrtschiff der Welt der Super-, Mega- sowie Blockbuster-Opernstar Anna Netrebko auftreten und tirilieren. Dieses Ereignis wurde durch ganzseitige Vierfarbanzeigen in den führenden deutschen Presseorganen hinausgeblasen. Kurz bevor der Dampfer ablegte, sagte Frau Netrebko den Abend indes mit der Begründung ab, die Festspiele in Salzburg hätten ihr die Stimmbänder ganz böse verraspelt. Sie könne momentan nicht.

Nun hatten allerdings die meisten Passagiere an Bord nur wegen Anna Netrebko die Reise gebucht. Deren Leidensdruck war natürlich enorm. Was tun? Das war ein Fall für den Inselnarren!

So durchstreifte ich die diversen Decks des Prachtschiffs, sprach sichtlich entrüstete Mitreisende an und flunkerte den Freunden der schönen Künste vor, dass ich gleichsam der Schadensersatz für die schöne Jodelrussin sei und sie doch nun alle am Abend in meine Late-night-Comedyshow in die Clipper-Lounge kommen mögen. Ich würde sie schon trösten.

In ihrer Verzweiflung folgten die Kunstfreunde meinem Lockruf, und was soll ich sagen: Es wurde zu einem Triumph! Die ehemaligen Opernfans tobten vor Begeisterung und riefen, soweit ich das verstanden habe: »Who the fuck is Anna? We love Mänfred, the greyhaired comedian from good old Germany!«

Nach sieben Zugaben rissen sie mir das verschwitzte Popstar-Hemd vom Leib, betatschten mich hier und da und folgten mir in höchster Erregung bis in meine Suite.

Okay, kein Problem für mich, so was kommt schon mal vor, damit kann ich umgehen. Dass manche Passagiere, egal wo ich am nächsten Tag auftauchte, textsicher ganze Passagen aus meinem eigentlich nur so dahingeschwafelten Programm aufzusagen vermochten, auch so etwas kommt häufiger vor. Leicht übertrieben fand ich nur, dass die Frauen das Wasser des Pools auf dem Sonnendeck ausschlürften, nachdem ich darin ein paar Runden geschwommen war.

Einem gesellschaftlichen Selbstmord wohnte ich einmal in Köln bei. Ein unbescholtener Mann, der seinen Wohlstand durch die Vermittlung nutzloser Versicherungen angehäuft hatte und nun als Vermögensberater seine Klientel ausplünderte, packte verschiedene Jubiläen und Geburtstage zusammen und gab einen Empfang. Dabei machte er buchstäblich alles verkehrt, was nur geht.

Er feierte, das tut der Mann von Welt schon mal gar nicht, daheim, in seiner popeligen Stadtrandvilla. Ferner lud er, eine absurde Maßnahme, seine Büromitarbeiter ein, in der unausgesprochenen Erwartung, dass sie »mit anfassen würden«. Die engagierte Jazzband spielte in einem Raum, in den außer ihr selbst niemand mehr hineinpasste. Die Gäste hörten die Musiker den ganzen Abend, sahen sie aber nur, wenn sie Bier holten oder sich mal verpinkelten.

Gegen Mitternacht trommelte der Hausherr seine schon fast paralysierten Gäste zusammen und berichtete würdevoll und mit knarzender Stimme, dass er und seine Gattin, welche leider keine Kinder bekommen könne, ihrer beider Vermögen einer Stiftung übertragen hätten. Daher auch dieses Fest. Zum Thema Stiftung hätte er einen erst vor ein paar Tagen ausgestrahlten Fernsehbeitrag aufgezeichnet, in dem er und seine Frau auch kurz drin vorkämen. Diesen Striemel mussten wir uns dann in seinem Arbeitszimmer gemeinsam anschauen. Damit war die Stimmung endgültig auf die Höhe der Fußleisten abgesackt. Einige verzogen sich daraufhin entnervt und unter windigen Vorwänden in die Altstadt und soffen sich eine partielle Amnesie an, was mit Kölsch ja eine grandiose Quälerei ist.

Aber ich will nicht nur schwarz malen. Hier ein Beispiel, dass es auch anders geht. Einmal buchte mich ein Geschäftsmann in Deutschlands heimlicher Hauptstadt Hannover. Der wollte seinen Geburtstag feiern, und mein Auftritt war als ein Höhepunkt der Abendunterhaltung eingeplant. Im Vorgespräch verlangte ich von ihm als Bedingung für die Gnade meines Auftritts, dass er mit einer professionellen Sylt-Dekoration seinem Fest ein wertiges Motto verleihe. Dazu muss man wissen, dass der gute Mann Inhaber eines bundesweit agierenden Sanitärinstallationsbetriebes war. Bei diesen Brüdern besteht immer die Gefahr, dass sie auf ihre Art lustig sein wollen und deshalb die Parträume mit Kloschüsseln, Bidets und Urinalen ausdekorieren.

Aber meine Drohungen wirkten. Der Mann ließ auf sein Firmengelände ein riesiges Zelt montieren, mehrere Lastwagenladungen feinkörnigen Sand abkippen, Strandkörbe aufbauen, riesige Syltbilder an die Zeltwände hängen und das Catering im edlen McGosch-Style aufbauen. Dann rief er mich untertänigst an und flötete: »Herr Degen, es ist alles in Ihrem Sinne vorbereitet – kommen Sie jetzt auch, uns vortrefflich zu belustigen?«

Ich habe dann gütig eingewilligt. Aber dass man immer erst Druck machen muss ...

Nachbetrachtung
von Werner Langmaack

Allzu häufig wurde Manfred Degen in der Vergangenheit unterstellt, er sei ein plumper Spaßmacher, der jede Doppelbödigkeit vermissen lasse. Welch ein himmelschreiendes Unrecht. Allein anhand dieses Buchs mit dem klangvollen Titel »*Leben auf der Goldstaubinsel*« lässt sich das Gegenteil mühelos beweisen.

Philosophischer Tiefgang gemischt mit einer Prise Poesie begegnet uns in dem Stück »*Auch der Herbst hat schöne Tage*«. Darin erzählt der Autor über Reize und Gnade des Alterns und hält für Millionen Trost bereit, wenn er schreibt: »Meine Gelenke schmerzen – also lebe ich.« Positives Denken in seiner ganzen Pracht.

Es ist noch nicht lange her, da diskutierte das deutsche Volk darüber, ob die eigene Kultur als Leitfaden für Einwanderer zu gelten habe. Das Ergebnis ist unbekannt. Hier nun wird die Debatte in dem Lehrstück »*Leitkultur Lebensart*« auf den Punkt und damit doch noch zu einem fruchtbaren Finale gebracht. Dass darin sogar relativ junge Begriffe wie »Prekariat« und »Kollateralschaden« vorkommen, zeigt, wie nah der Kabarettist Degen das Ohr am Sprachschatz der Gegenwart hat.

Auch die Unterstellung, er wirke bei der Abhandlung erotischer Themen entweder gehemmt oder zotig, verpufft, wird widerlegt. In »*Neues aus der Sexualforschung*« geht Degen ebenso locker wie sachlich mit den schlüpfrigsten Fantasien um, wenn er beispielsweise darüber spekuliert, was abgeht, wenn der bärtige SPD-Vorsitzende Kurt Beck im Kreise des MDR-Fernsehballetts eine Nacht im festsitzenden Aufzug zu verbringen hätte.

Mehr über die Spitzenkräfte der deutschen und der internationalen Politik erfahren wir in dem streckenweise ausgesprochen fiktiven Text »*Reisebekanntschaften*«. Von Schröder über Putin und Ursula von der Leyen bis hin zu unserer Kanzlerin nebst ihrem öffentlichkeitsscheuen Herrn Gemahl sind sie alle zu Gast auf der ereignisreichen Fahrt von Westerland bis Friedrichstadt.

Wie natürlich das Thema Bahnreisen zu den Schwerpunkten

dieser Anthologie zählt – ein Merkmal aller Bücher aus der Feder Degens. Das kann natürlich bei einem ehemaligen Bundesbahnbediensteten nicht verwundern. Es entspricht vielmehr einem immer wieder zu beobachtenden kommunikationswissenschaftlichen Phänomen. Wir alle reden am liebsten darüber, wovon wir am meisten verstehen, und wer das nicht tut, der sollte es sich schnellstens angewöhnen.

Schon die Abhandlung mit der griffigen, aber eisenbahntechnisch nichtssagenden Überschrift »*Ökotrophologisches Pointenfeuerwerk*« spielt überwiegend in der Ödness des Niebüller Bahnhofgebäudes. Fundierte Feststellungen zur breit gefächerten Problematik des Schienenverkehrs finden wir in den Beiträgen »*Abenteuerbahnfahrt mit der NOB*« und »*Genuss in vollen Zügen*«.

Zu den oben erwähnten »Reisebekanntschaften« ließen sich auch die Ureinwohner Neuseelands rechnen, über die in der leicht halluzinösen Geschichte »*Verbrüderung mit den Maorikämpfern*« erzählt wird. Eine turbulente Story.

Belehren, keinesfalls mit dem erhobenen Zeigefinger, sondern auf die leicht bekömmliche Art – das ist eine elementare Maxime des Inselnarren. Anschauungsunterricht erhält manch spröder Seminarleiter an der Klappholtaler Volkshochschule, der sich möglicherweise wundert, dass keiner ihn bucht, gleich auf zweifache Weise: in der »*Kleinen Konversationsschulung*« und in »*Wir basteln eine Biografie*«. Speziell diese Anleitung dürfte auf überdurchschnittliches Interesse stoßen. Denn eine zunehmende Anzahl von Mitmenschen leitet aus ihrer Fähigkeit zu schreiben, sprich: Buchstaben auf eine Postkarte malen zu können, heutzutage den Auftrag ab, ihre persönliche Chronik, ihre Erfahrungen und Überzeugungen in Buchform veröffentlichen zu sollen. Hier erhalten sie eine Art Schnittmusterbogen für die Herstellung solcher Biografien. Ein kurzer Auszug: »Man schreibt zunächst grundehrlich auf was war, streicht anschließend das weniger Schmeichelhafte weg und fügt sodann erfundene Erlebnisse und spätere Erkenntnisse hinzu.«

Belletristen, so heißt es, tanzten mit den vier Jahreszeiten. Humoristen sind von einem anderen Schlage. Das Stereotyp des traurigen Clowns kennen wir alle – und auch in dem Klamaukkünstler

Manfred Degen steckt natürlich ein gutes Stück Sentimentalität. Sie drückt sich darin aus, dass ihn Frühling und Sommer offenbar weniger inspirieren als die dunklen Wintermonate. In dieser Zeit spielen folgerichtig die Geschichten »*Helden baden kalt*« und »*Der mit dem Knallfrosch tanzt*«. Sowie natürlich auch »*Segensreiche Neujahrsempfänge*«, die in ihrer niederschmetternden, ritualisierten Inhaltsleere geschildert werden. Trotzdem gewinnt Degen den fragwürdigen Ereignissen eine zuversichtlich stimmende Seite ab, wenn er resümiert: »So wie es war, war es gut«. Wem fiele auf Anhieb ein tröstlicherer Satz über die Vergangenheit ein als dieser?

Der allerschwerste Schwerpunkt der Publikation aber liegt selbstverständlich auf Sylt. Denn die Insel in ihrer Schönheit und Skurrilität bildet seit jeher das gleichsam natürliche Zentrum Degenscher Betrachtungen. Das hat er mit fast allen Sylter Künstlern gemein. Kaum zu glauben, dass ihm immer wieder etwas dazu einfällt. Aber es ist so. Diesmal im Angebot: Der hochbrisante Forderungskatalog »*Einfach die Insel verändern*«, der kühne Reißbrettentwurf »*Plädoyer für eine neue Architektur*« und der ambivalente Text »*Sylt – Sperrgebiet für Ausländer*«.

Fast wie eine Antithese dazu wirkt das gefühlvoll niedergeschriebene Loblied auf regional begrenzte, mundartliche Verirrungen »*Süße fremde Sprachmelodei*«. Mehr an der täglichen Praxis und den Geboten humanitären Handelns orientiert ist hingegen der Erlebnisaufsatz »*Erster-Hilfe-Kurs für Sylter*«.

Dass die Prominenten unverbrüchlich zur Insel gehören wie die Müllverbrennungsanlage am Rantumer Becken, ist bekannt. Auch Manfred Degen hat oft über diese beneidenswerten, schillernden Zeitgenossen geschrieben. Diesmal weniger. Wer aber deren Namen einfach gern lesen mag, wird in »*Kosmische Gedanken*« versorgt. Darin kommt mit Christof Schlingensief, André Rieu, Günter von Hagen, Hella von Sinnen, Sigmar Gabriel und Florian Silbereisen gleich ein halbes Dutzend VIPs vor. Das müsste reichen, um die Grundversorgung mit Prominenz zu gewährleisten.

Launige Literatur liefert die Geschichte »*Heimatdichter Hessenschreck*«, die sich um die Verhaltensweisen eines äußerst merkwürdigen Kurgastes aus Süddeutschland rankt.

Zu den Höhepunkten der Textsammlung gehört zweifellos der »*Krieg der Klimakiller*«, worin der Bogen geschlagen wird von einer hochaktuellen weltumspannenden Bedrohung hin zu ihren praktischen Auswirkungen auf die nachbarschaftliche Harmonie in Sylter Armutsgebieten. Genial.

Auch wer sich für die haarsträubenden insularen Auseinandersetzungen im kommunalpolitischen Rahmen interessiert, kommt nicht zu kurz. In der bis ins letzte Detail durchdachten und in ihrer Überzeugungskraft kaum zu überbietenden Darlegung »*Fusionsflausen in Luft aufgelöst*« setzt Degen eine beachtliche Duftmarke. Gut möglich, dass in dieser Abhandlung der königliche Lösungsweg versteckt ist. Vielleicht aber auch nicht.

Geschulterte Leser seien an dieser Stelle noch auf eine besondere Finesse hingewiesen. Die Technik, manches im Zustand des Vagen zu belassen, wendet Degen wie viele große Schriftsteller unserer Epoche bewusst und absichtsvoll an. Er möchte eben nicht nur unterhalten, amüsieren, sondern auch zur geistigen Mitarbeit stimulieren – wenigstens punktuell.

Doch mit einem derart ungalanten Arbeitsauftrag mag ein Unterhaltungstalent wie Manfred Degen den Leser natürlich nicht in die Realität entlassen. Vielmehr haut er zum Schluss noch einmal kräftig auf die Gute-Laune-Pauke und lädt ein zum Feiern: »*It's Partytime*«.

Nach einem so gelungenen Abschluss ihrer Bücher suchen 98 Prozent der Schriftsteller seit Urzeiten vergebens.

Degen für Zu Hause: Alle CD's

Satire und Klamauk
Ein Abend in der legendären Keitumer »Tenne« vor handverlesenem Sylter Publikum wurde im Oktober 1993 aufgezeichnet und als Tonkassette in limitierter Auflage produziert. Dieses einzigartige Manfred-Degen-Tondokument wurde jetzt aufwändig digitalisiert und »re-mastert«.
»Freche Denkanstöße, temperamentvolle verbale Auseinandersetzung und Freude am Absurden ... sprachlich läuft Degen hier zur Hochform auf ...«
»*Sylter Rundschau*«

Freie Republik Sylt
»... sorgt auf der Insel für helle Aufregung ... der absolute Bestseller ... Realsatire und Klamauk ... manchmal um die Ecke gedacht und manchmal ganz direkt ...«
»*NDR Welle Nord*«
Das Kultbuch als Hörbuch: »Grelle Glosse, liebevoll spöttelnde Charakterisierungen und nachdenkliche Zwischenrufe prägen die Kapitel ...«
»*Lüneburger Landeszeitung*«

Voll auf Kurs
»... vor dem Westerländer Kursaal blühte der Schwarzmarkt: 29 ausverkaufte Veranstaltungen in Folge – das gab es auf Sylt noch nie!«
»*Sylter Rundschau*«
»... jetzt knallt jede Pointe, der Künstler hatte seine Zuschauer im Griff – einem Schoßkind der Götter gelingt halt alles!«
»*Sylter Spiegel*«

Jede CD 12,80 €

Degen für Zu Hause: Alle Bücher

Appartement frei!
Freche Inselgeschichten, Satiren und kabarettistische Amokläufe, Degen knackt alle Tabus!
Elend auf dem Eiland – aber auf hohem Niveau!

Voll auf Kurs
Manfred Degen hat auf Sylt mal wieder alle Türen aufgerissen und in sämtlichen Lotterbetten herumgewühlt. Das Ergebnis ist haarsträubend und zum Totlachen!

Geld, Gier und Eitelkeiten
Keine Frage: Dieses Degen-Buch hat die Insel Sylt nachhaltig verändert.
Der komödiantische Lokalmatador beantwortet mit diesem Elaborat frech und provokant alle offenen Fragen!

Manfred Degen, der Sylt-Satiriker, im Spiegel der Presse ...

»Leben auf der Goldstaubinsel *ist für den Insulaner ein Wegweiser zur Selbsterkenntnis. Unerläßlich für den vorausschauenden Urlauber, der sich rechtzeitig mit den sprachlichen Besonderheiten und den Alltags- und Festtagsritualen der Sylter vertraut machen will.*«
SYLTER SPIEGEL

»*Fröhlicher Blödsinn, der scharfe Blicke auf den Alltag, eine große Portion Menschenkenntnis, Detailgenauigkeit und eine lockere Schreibe kennzeichnen den Autor ... grelle Glosse, liebevoll spöttelnde Charakterisierung und nachdenkliche Zwischenrufe prägen die Kapitel ...*«
LÜNEBURGER LANDESZEITUNG

«*... sorgt auf der Insel für helle Aufregung ... der absolute Bestseller Realsatire und Klamauk, manchmal um die Ecke gedacht und manchmal ganz direkt* «
NDR 1

»*Freche Denkanstöße, temperamentvolle, verbale Auseinandersetzung und Freude am Absurden ... sprachlich läuft Degen hier zur Hochform auf ...*«
SYLTER RUNDSCHAU

»*... die Autonomie scheint die Lösung für viele Probleme zu sein. Vorbei wäre dann die ewige Bettelei. Die ›Freie Republik Sylt‹, ein Staat, der endlich kommen muß ...*«
SAT 1

»*Insel-Scheibner in voller Fahrt ... Alle bekamen ihr Fett weg, Politiker aller Couleurs, die Festländer, die Gäste und natürlich die Sylter selbst ...*«
NIEBÜLLER TAGEBLATT

»*... unterhielt sein Publikum mit deftigem Witz, trockener Satire und feinsinnig-hintergründigen Monologen ... die Besucher unterhielten sich köstlich...*«
GOSLARSCHE ZEITUNG

Manfred Degen trat im Charlottenhof auf

Rundumschlag mit Biss und kernigem Mutterwitz

Zum Urlaub nach „Schläfrig-Holstein"
Sylter Kabarettist Manfred Degen erobert die Westküste

Kabarettist nimmt Vermieter aufs Korn

„Gerümpel raus, Touristen rein"

ST. PETER-ORDING

(gau)

„Da amüsierst du dich garantiert königlich!" Der Ruf eines begnadeten Humoristen eilt dem Sylter Kabarettisten Manfred Degen an der Westküste längst voraus.

Sylt Abend im Blauen Zelt bisher bestbesuchter Act

Die Hörnumer als Ostfriesen der Insel

Neues von Olli und anderen Sylter Originalen
Manfred Degen begeisterte 200 Zuhörer in Hohenwestedt

Sylter und Festländer kräftig auf die Schippe genommen

Da blieb kein Auge trocken

Schon fast "kultig": Die Nacht mit Manfred Degen im Zelt

Der "Softsatiriker" zeigte Krallen

Sylter Kabarettist nimmt die Insel der „Reichen und Schönen" ganz schön auf die Schippe

Ausweiskontrolle am Autozug

SYLT

à la Degen

Vom Schalterbeamten zum Profi-Comedian

Eine Karriere wie aus dem Bilderbuch

Er ist der Sanfte unter den Fiesen und ein großer Charmeur. Morgen abend feiert der Ex-Bundesbahner Manfred Degen sein 10-jähriges Bühnenjubiläum als Insel-Kabarettist.

Sylt — Die Traum-Karriere vom Tellerwäscher zum Millionär hat es auf Sylt mit Sicherheit schon gegeben. Vom Schalterbeamten zum Profi-Comedian hat es aber wohl nur einer geschafft: Manfred Degen verfasste vor zwölf Jahren

Der Live-Auftritt:

»Sylter dürfen das!« heißt das aktuelle Kabarett-Programm von Manfred Degen. Regelmäßig tritt er damit während der Saison in den Kursälen von Wenningstedt und Westerland auf, ein Pflichtprogramm für alle Satireliebhaber und kulturbeflissene Gäste. Ratsam ist es, sich rechtzeitig Karten zu besorgen, will man nicht Gefahr laufen, draußen vor der Tür zu bleiben ...

Degens Stärke sind seine Ausstrahlung, seine Präsenz und vor allem sein Thema: Sylt!
... das Zelt begann zu kochen, die Rotationsgeschwindigkeit des Deckenpropellers mußte erhöht werden, um die Begeisterung auf ein erträgliches Maß herunterzufächeln. 5-Sterne-Amüsement, Prädikat köstlich.
... jetzt knallte jede Pointe, der Künstler hatte seine Zuschauer im Griff – einem Schoßkind der Götter gelingt halt alles ...
SYLTER SPIEGEL

... vor dem Westerländer Kursaal blühte der Schwarzmarkt: 29 ausverkaufte Veranstaltungen in Folge – das gab es auf Sylt noch nie.
SYLTER RUNDSCHAU

Der Internet-Auftritt:

Endlich ein Grund, ins Netz zu gehen, denn unter:

www.Manfred-Degen.de

können Sie beim Sylt-Satiriker mit Lust, Laune und Spaß herumstöbern:

> Tourneetermine
> Pressespiegel
> Leseprobe
> Buchbestellungen
> Gästebuch

Und ganz wichtig: Ihre Meinung ist gefragt!
www.Manfred-Degen. de   www.kim-schmidt.de